D1504682

Henry James

Daisy Miller

*Traduit de l'américain
par Michel Pétris*

Gallimard

Titre original :

DAISY MILLER

Pour la traduction française :

© *Champ Libre, 1974.*
© *Gérard Lebovici, 1987.*
© *Éditions Ivrea, 1995.*

Henry James est né américain en 1843, mais mort anglais en 1916 après avoir demandé la nationalité britannique. Élevé dans le culte de la civilisation européenne et du Vieux Monde, il partage très tôt son temps entre l'Europe et les États-Unis. Grâce à la fortune familiale, il peut se consacrer exclusivement à la littérature et, dès 1864, publie des nouvelles et des articles critiques. Après plusieurs voyages, il s'installe finalement à Paris, fréquente les salons littéraires et passe beaucoup de temps en Italie. En 1875, paraît son premier roman *Roderick Hudson*, l'histoire d'un jeune avocat américain qui quitte tout pour devenir un sculpteur renommé à Rome. L'année suivante, dans *L'Américain*, c'est Christopher Newmann qui part chercher culture et épouse en Europe. Les thèmes de la plupart de ses œuvres y sont déjà abordés : l'opposition entre la vieille Europe et la jeune Amérique, le puritanisme, l'innocence. Publiée en 1878, la longue nouvelle *Daisy Miller* en est une illustration. Dans *Les Bostoniennes*, en 1885, il décrit, sur fond de lutte féministe, la complexité des cœurs et des êtres. L'art d'Henry James culmine dans *Ce que savait Maisie* en 1897 où la petite Maisie, dont les parents ont divorcé, observe le monde des adultes à la fois avec innocence et maturité. Il met en scène des enfants encore dans *L'élève* (1891) et dans une de ses plus célèbres nouvelles, *Le tour d'écrou* (1898) où surgissent toutes les terreurs de l'enfance et le surnaturel. Il publie ensuite trois longs romans. *Les ailes de la colombe* en 1902 : Milly Theale, riche héritière, condamnée par la maladie, est manipulée par son amie Kate qui veut s'approprier sa fortune. *Les ambassadeurs*, en 1903, met en scène la séduction qu'exercent Paris et son atmosphère : Lambert Strether est chargé de ramener l'héritier d'une grande famille de Boston épris d'une Française. Mais, conquis à son tour par l'esprit de liberté qui règne sur la capitale, il retourne seul en Amérique, imprégné à jamais de la culture de la « vieille Europe ». En 1904, *La coupe d'or* marque la fin de sa carrière de romancier, mais non d'écrivain. Il publie une *Autobiographie*, revoit tous ses romans pour une édition de ses œuvres complètes et rédige ses *Carnets*. La Première Guerre mondiale marque l'effondrement de son monde et sa volonté de devenir citoyen britannique en 1915 apparaît comme un acte désespéré.

Découvrez, lisez ou relisez Henry James :

LES BOSTONIENNES (Folio n° 479)

L'AMÉRICAIN (Folio n° 1346)

LES AILES DE LA COLOMBE (Folio n° 3141)

DAISY MILLER (Folio Bilingue n° 45)

LA MAISON NATALE (L'Étrangère et Folio Bilingue n° 78)

1

Dans la petite ville de Vevey, en Suisse, il y a un hôtel particulièrement confortable. Il y a, en fait, plusieurs hôtels ; car le divertissement des touristes est l'affaire de l'endroit qui, comme beaucoup de voyageurs s'en souviendront, est situé au bord d'un lac d'un bleu remarquable — un lac que tout touriste se doit de visiter. Le rivage du lac offre un déploiement sans faille d'établissements de cet ordre, de toutes catégories, depuis le Grand Hôtel de la dernière vogue avec une façade blanc crayeux, une centaine de balcons et une douzaine de drapeaux s'élançant du toit, jusqu'à la petite pension suisse d'un autre temps avec son nom inscrit en un lettrage façon gothique sur un mur rose ou jaune, et un pavillon ingrat, dans le coin du jardin. Un des hôtels de Vevey, toutefois, est fameux — classique même — pour ce qu'il se distingue de nombre de ses voisins parvenus par un air de luxe et de maturité mélangées. Dans cette région, au mois de juin, les voyageurs américains sont extrêmement nombreux ; on peut dire, en fait, que Vevey revêt durant cette période un certain nombre des traits qui caractérisent une station balnéaire américaine. Il y a des sons et des visions qui évoquent un écho, une vue de Newport et de Saratoga. Il y a un perpétuel va-et-vient de jeunes filles « dans le vent », un bruissement de volants de mousseline, un crépitement de musique de danse aux heures du matin, un bruit de voix haut perchées en tout temps. Vous avez un aperçu de ceci à l'excellente auberge des Trois Couronnes, où vous vous trouvez transporté en imagination à Ocean House ou Congress Hall. Mais aux Trois Couronnes, il faut l'ajouter, il y a des particularités autres qui jurent nettement avec ces idées : irréprochables serveurs allemands, qui ressemblent à des secrétaires d'ambassade ; princesses russes assises dans le jardin ; petits garçons polonais déambulant en tenant la main de leur gouverneur ; une vue sur la crête neigeuse de la Dent du Midi et les pittoresques tours du château de Chillon.

Je ne saurais dire si c'étaient les analogies ou les différences qui prenaient le dessus dans l'esprit d'un jeune Américain qui, voici deux ou trois ans de cela, se trouvait assis dans le jardin des Trois Couronnes, jetant autour de lui des regards plutôt distraits vers quelques-uns des gracieux objets que j'ai mentionnés. C'était une très belle matinée d'été et, quelle que soit la façon dont le jeune Américain regardait les choses, elles avaient dû lui paraître charmantes. Il était arrivé la veille de Genève, par le petit vapeur, pour voir sa tante qui séjournait à l'hôtel — Genève ayant été longtemps son lieu de résidence. Mais sa tante avait la migraine — sa tante avait presque toujours la migraine — et elle était maintenant cloîtrée dans sa chambre, reniflant du camphre, de sorte qu'il était libre de vaguer à sa guise. Il avait quelque vingt-sept ans d'âge ; quand ses amis parlaient de lui, ils disaient généralement qu'il était à Genève, « pour études ». Quand ses ennemis parlaient de lui, ils disaient — mais, après tout, il n'avait pas d'ennemis. C'était un garçon extrêmement aimable, et universellement apprécié. Ce que je dois ajouter, simplement, c'est que quand certaines personnes parlaient de lui elles affirmaient que la raison pour laquelle il passait tant de temps à Genève était qu'il était extrêmement attaché à une dame qui y vivait — une étrangère — une personne plus âgée que lui. Il y avait très peu d'Américains — aucun en fait je pense — qui aient vu cette dame, sur qui couraient d'étranges histoires. Mais Winterbourne avait un vieil attachement pour la petite métropole du calvinisme ; on l'y avait mis à l'école tout enfant, et c'est là qu'il était ensuite allé au collège — circonstances qui l'avaient conduit à former un grand nombre d'amitiés de jeunesse. Beaucoup lui étaient restées, et elles lui étaient une source de grande satisfaction.

Après avoir frappé à la porte de la chambre de sa tante et su qu'elle était souffrante, il était allé se dégourdir les jambes dans la ville, puis était rentré déjeuner. Ayant achevé son déjeuner, il buvait maintenant une petite tasse de café déposée sur une petite table du jardin par un des garçons qui avaient un air d'attaché. Son café terminé, il alluma une cigarette. À cet instant, un petit garçon s'avançait dans l'allée — un gamin de neuf ou dix ans. L'enfant, qui était plutôt chétif pour son âge, avait une expression de visage vieille, un teint pâle, et des traits menus et aigus. Il portait des knickerbockers, avec des bas rouges qui mettaient en évidence ses pauvres petits mollets de coq ; il avait aussi une cravate d'un rouge éclatant. Il tenait à la main un long alpenstock et en plantait la pointe acérée dans tout ce qui passait à sa portée — les plates-bandes, les bancs de jardin, les traînes des robes des dames. Au niveau de Winterbourne, il marqua un arrêt, fixant sur lui deux petits yeux brillants et pénétrants.

— Voulez-vous me donner un morceau de sucre ? demanda-t-il d'une petite voix dure et rêche — une voix non mûrie et cependant, en un sens, pas jeune.

Winterbourne jeta un regard sur la petite table à ses côtés, qui portait le service à café, et vit que plusieurs morceaux de sucre restaient.

— Oui, vous pouvez en prendre un, répondit-il, mais je ne crois pas que le sucre soit bon pour les petits garçons.

Le petit garçon en question s'avança et choisit soigneusement trois des fragments convoités, sur lesquels deux furent enfouis dans la poche de ses knickerbockers tandis que l'autre était tout aussi rapidement déposé en un autre endroit. Il piqua son alpenstock, à la manière d'une lance, dans le banc de Winterbourne, et essaya de casser le morceau de sucre avec ses dents.

— Zut, c'est du-u-r ! s'exclama-t-il en prononçant l'adjectif d'une manière bizarre.

Winterbourne s'était immédiatement rendu compte

qu'il pourrait avoir l'honneur de reconnaître en lui un compatriote.

— Faites attention de ne pas vous abîmer les dents, dit-il, paternellement.

— Je n'ai pas de dents à abîmer. Elles sont toutes tombées. Je n'ai que sept dents. Ma mère les a comptées hier soir, et il y en a une qui est tombée juste après. Elle a dit qu'elle me donnerait une gifle si j'en perdais une autre. Je n'y peux rien. C'est cette vieille Europe. C'est le climat qui les fait tomber. En Amérique elles ne tombent pas. C'est ces hôtels.

Winterbourne s'amusait beaucoup.

— Si vous mangez trois morceaux de sucre, votre mère vous donnera certainement une gifle, dit-il.

— Elle n'a qu'à me donner des bonbons, alors, répliqua son jeune interlocuteur. Je ne peux pas avoir de bonbons, ici — de bonbons américains. Les bonbons américains sont les meilleurs bonbons.

— Et les petits garçons américains sont-ils les meilleurs petits garçons ? demanda Winterbourne.

— Je ne sais pas. Je suis un petit Américain, dit l'enfant.

— Je vois que vous êtes un des meilleurs ! fit en riant Winterbourne.

— Êtes-vous un Américain ? enchaîna l'enfant vivace.

Et, sur la réponse affirmative de Winterbourne, il déclara :

— Les Américains sont les meilleurs.

Son compagnon le remercia du compliment ; et l'enfant, qui s'était maintenant mis à califourchon sur son

alpenstock, resta à regarder autour de lui, tout en atta-
quant un deuxième morceau de sucre. Winterbourne se
demanda s'il avait été comme ça dans son enfance à
lui, car c'est à peu près à cet âge qu'il avait été emmené
en Europe.

— Voilà ma sœur ! cria l'enfant au bout d'un moment. C'est une fille américaine.

Winterbourne remonta le sentier des yeux et vit une
très belle jeune dame qui s'avançait.

— Les filles américaines sont les meilleures filles,
dit-il gaiement à son jeune compagnon.

— Ma sœur n'est pas la meilleure ! déclara l'enfant.
Elle est toujours en train de me cafarder.

— J'imagine que c'est votre faute, pas la sienne, dit
Winterbourne.

Pendant ce temps, la jeune femme s'était rappro-
chée. Elle était vêtue de mousseline blanche, avec une
centaine de froncés et de ruchés et des nœuds de ruban
de couleur pâle. Elle était nu-tête, mais elle balançait
dans sa main une grande ombrelle avec une large bordure de broderie : et elle était étonnamment, admirablement belle.

— Comme elles sont belles, se dit Winterbourne en
se redressant sur son siège, comme pour se lever.

La jeune dame s'arrêta devant son banc, près du parapet du jardin, d'où l'on voyait le lac. Le petit garçon
avait maintenant converti son alpenstock en perche à
sauter et l'utilisait pour faire des bonds dans le gravier,
qu'il faisait abondamment voler.

— Randolph, dit la jeune dame, mais qu'est-ce que
tu fais ?

— J'escalade les Alpes, répondit Randolph. C'est comme ça qu'on fait !

Et il fit un autre petit bond, faisant voler les cailloux à proximité des oreilles de Winterbourne.

— C'est comme ça qu'on descend, dit Winterbourne.

— C'est un Américain ! s'écria Randolph de sa petite voix dure.

La jeune dame ne prêta aucune attention à ce faire-part, mais jeta un regard aigu à son frère :

— Je crois que tu devrais te tenir tranquille, se contenta-t-elle d'observer.

Winterbourne eut l'impression que les présentations avaient en un sens été faites. Il se leva et s'avança lentement vers la jeune fille en jetant sa cigarette.

— Ce jeune garçon et moi-même avons fait connaissance, dit-il fort urbainement.

À Genève, comme on n'avait pas manqué de le lui faire savoir, un jeune homme n'était pas autorisé à parler à une jeune personne encore demoiselle, si ce n'est dans certaines conditions qui se présentaient rarement ; mais ici, à Vevey, quelles meilleures conditions pouvait-il y avoir ? — une jolie fille américaine venant s'arrêter en face de vous dans un jardin. Cette jolie fille américaine, toutefois, se contenta de répondre par un bref coup d'œil à la remarque de Winterbourne ; après quoi elle détourna la tête et regarda par-dessus le parapet, en direction du lac et des montagnes d'en face. Il se demanda s'il n'était pas allé trop loin ; mais il décida que la poursuite de l'avance était préférable à la retraite. Pendant qu'il cherchait quelque chose d'autre à dire, la jeune dame se tourna à nouveau vers le petit garçon.

— J'aimerais bien savoir où tu as eu cette perche, dit-elle.

— Je l'ai achetée ! répliqua fièrement Randolph.

— Tu ne vas pas me dire que tu vas l'emporter en Italie !

— Oui, je vais l'emporter en Italie ! déclara l'enfant.

La jeune fille considéra le devant de sa robe et lissa un nœud de ruban ou deux. Puis elle posa à nouveau ses yeux sur le paysage.

— Je crois que tu devrais la laisser quelque part.

— Vous partez pour l'Italie ? demanda Winterbourne sur un ton de grand respect.

La jeune fille lui jeta un nouveau bref coup d'œil.

— Oui, monsieur, répondit-elle.

Et rien de plus.

— Vous — euh — franchissez le Simplon ? poursuivit Winterbourne, un peu embarrassé.

— Je ne sais pas, dit-elle. Ce doit être un genre de montagne. Randolph, quelle montagne franchissons-nous ?

— Pour aller où ? demanda l'enfant.

— En Italie, expliqua Winterbourne.

— Je ne sais pas, dit Randolph. Je ne veux pas aller en Italie. Je veux aller en Amérique.

— Oh, mais l'Italie est un merveilleux pays ! répliqua le jeune homme.

— On peut avoir des bonbons là-bas ? demanda Randolph d'une voix sonore.

16

— J'espère bien que non, dit la sœur. Je crois que tu as eu assez de bonbons, et c'est aussi l'avis de maman.

— Il y a tant et tant de temps que je n'en ai pas eu — cent semaines au moins, s'écria l'enfant, poursuivant ses bonds.

La jeune dame inspecta ses volants et lissa à nouveau ses rubans ; et Winterbourne hasarda opportunément une remarque sur la beauté de la vue. Son embarras était en train de tomber, car il commençait à s'apercevoir qu'elle n'était de son côté pas le moins du monde embarrassée. Il n'y avait pas eu la moindre altération sur les traits de son charmant visage ; elle n'était manifestement ni offensée ni effarouchée. Si elle regardait d'un autre côté quand il lui parlait, et ne semblait pas particulièrement l'entendre, c'était simplement son habitude, sa façon d'être. Cependant, à mesure qu'il s'enhardissait à parler et lui désignait quelques objets d'intérêt dans le paysage — qu'elle paraissait ignorer totalement — elle lui consacra peu à peu de plus en plus de ses brefs regards ; et alors il s'aperçut que ce regard était parfaitement direct et hardi. Ce n'était pas, toutefois, un regard qu'on aurait pu qualifier d'impudique, car les yeux de la jeune fille étaient singulièrement loyaux et francs. C'étaient des yeux d'une beauté merveilleuse ; et, en fait, il y avait longtemps que Winterbourne n'avait rien vu d'aussi beau que les divers traits de sa belle compatriote — son teint, son nez, ses oreilles, ses dents. Il avait un goût prononcé pour la beauté féminine ; il s'adonnait à son observation et son analyse ; et quant au visage de cette jeune dame, il fit plusieurs observations. Il n'était pas du tout insipide, mais il n'était pas exactement expressif ; et bien qu'il fût éminemment délicat, Winterbourne l'accusa mentalement — avec beaucoup d'indulgence — de manquer de finesse. Il lui paraissait très possible que la sœur de Master Randolph soit une coquette ; il était certain qu'elle avait une personnalité originale ; mais dans son petit visage clair, lisse, superficiel, il n'y avait pas trace de moquerie, ni d'ironie. Il devint très vite évident qu'elle était toute disposée à converser. Elle lui dit qu'ils allaient à Rome pour l'hiver — elle, sa mère et Randolph. Elle lui demanda s'il était « vraiment américain », elle ne l'aurait jamais pris pour tel ; il ressemblait plutôt à un Allemand — ceci fut dit avec une légère hésitation —, surtout quand il parlait. Winterbourne, riant, répondit qu'il avait rencontré des Allemands qui parlaient comme des Américains ; mais il n'avait jamais, d'aussi loin qu'il se rappelle, rencontré d'Américain qui parle comme un Allemand. Puis il lui demanda si elle ne serait pas mieux assise sur le banc qu'il venait de quitter. Elle répondit qu'elle aimait rester debout et se promener ; mais elle s'assit bientôt. Elle lui dit qu'elle était de l'État de New York — « si vous savez où ça se trouve ». Winterbourne en apprit davantage sur elle en s'emparant de la personne de son remuant petit frère et en le faisant rester quelques instants à son côté.

— Dis-moi ton nom, mon garçon, dit-il.

— Randolph C. Miller, dit le garçon, rêchement. Et je vais vous dire son nom, à elle.

Et il leva son alpenstock vers sa sœur.

— Tu ferais mieux d'attendre qu'on te le demande !
dit la jeune dame, calmement.

— J'aimerais beaucoup connaître votre nom, dit
Winterbourne.

— Elle s'appelle Daisy Miller ! s'écria l'enfant.
Mais ce n'est pas son vrai nom, ce n'est pas son nom
sur ses cartes.

— C'est vraiment dommage que tu n'aies pas une
de mes cartes ! dit Miss Miller.

— Son vrai nom est Annie P. Miller, poursuivit le
garçon.

— Demande-lui son nom à *lui*, dit la sœur en mon-
trant Winterbourne.

Mais ceci parut laisser Randolph complètement
indifférent ; il continua à fournir des renseignements
concernant sa propre famille.

— Mon père s'appelle Ezra B. Miller, annonça-t-il.
Mon père n'est pas en Europe, mon père est dans un
meilleur endroit que l'Europe.

Winterbourne imagina un instant que c'était ainsi
que l'on avait appris à l'enfant à signifier que Mr. Miller avait rejoint le lieu du repos éternel. Mais Randolph
ajouta immédiatement :

— Mon père est à Shenectady. Il a une grosse affaire. Mon père est riche, vous savez.

— Voyons ! proféra Miss Miller, abaissant son ombrelle et considérant la bordure brodée.

Winterbourne rendit sa liberté à l'enfant, qui partit,
traînant son alpenstock le long de l'allée.

— Il n'aime pas l'Europe, dit la jeune fille. Il veut
s'en retourner.

— À Shenectady, vous voulez dire ?

— Oui ; il veut rentrer à la maison. Il n'a pas de camarades ici. Il y a un garçon ici, mais il a toujours un précepteur avec lui ; ils ne le laissent pas jouer.

— Et votre frère n'a pas de précepteur ? s'enquit Winterbourne.

— Ma mère a pensé en prendre un, pour voyager avec nous. Il y a eu une dame qui lui a parlé d'un très bon précepteur ; une dame américaine — vous la connaissez peut-être — Mrs. Sanders. Je crois qu'elle venait de Boston. Elle lui a parlé de ce précepteur, et nous avons pensé le prendre pour voyager avec nous. Mais Randolph a dit qu'il ne voulait pas de précepteur voyageant avec nous. Il a dit qu'il ne prendrait pas de leçons quand il serait en voiture. Et nous sommes en voiture à peu près la moitié du temps. Il y avait une dame anglaise que nous avons rencontrée en voiture — je crois qu'elle s'appelait Miss Featherstone ; vous la connaissez peut-être. Elle voulait savoir pourquoi je ne donnais pas de leçons à Randolph — lui donner de « l'instruction », comme elle disait. Je pense qu'il pourrait me donner davantage d'instruction que je ne pourrais lui en donner. Il est très intelligent.

— Oui, dit Winterbourne. Il a l'air très intelligent.

— Ma mère va lui trouver un professeur aussitôt que nous serons en Italie. Trouve-t-on de bons professeurs en Italie ?

— Très bons, je pense, dit Winterbourne.

— Ou autrement elle trouvera une école. Il faut qu'il apprenne encore. Il n'a que neuf ans. Il ira au collège.

Et ainsi Miss Miller continua à converser sur les affaires et sa famille et d'autres sujets. Elle restait là, assise, ses très belles mains ornées de bagues très brillantes reposant sur ses genoux, ses beaux yeux tantôt rencontrant ceux de Winterbourne, tantôt errant sur le jardin, les gens qui passaient, et le splendide panorama. Elle parlait à Winterbourne comme si elle le connaissait depuis longtemps. Il trouvait cela très agréable. Il y avait de nombreuses années qu'il n'avait pas entendu une jeune fille parler autant. On aurait pu dire de cette jeune dame inconnue, qui était venue s'asseoir à côté de lui sur un banc, qu'elle babillait. Elle était très calme, elle demeurait assise dans une attitude de charmante tranquillité ; mais ses lèvres et ses yeux étaient constamment en mouvement. Elle avait une voix douce, ténue, agréable, et son ton était résolument sociable. Elle fit à Winterbourne le récit de ses déplacements et intentions, ainsi que ceux de sa mère et de son frère, à travers l'Europe et énuméra, en particulier, les différents hôtels où ils étaient descendus.

— Cette dame anglaise rencontrée en voiture, dit-elle, — Miss Featherstone — m'a demandé si nous ne vivions pas tous dans les hôtels en Amérique. Je lui ai dit que de ma vie je n'avais jamais autant fréquenté d'hôtels que depuis que je suis venue en Europe. Je n'en ai jamais vu autant — on ne voit que ça.

Mais Miss Miller ne fit pas cette remarque sur un ton maussade ; tout paraissait l'enchanter. Elle déclara que les hôtels étaient très bien, une fois qu'on en avait pris l'habitude, et que l'Europe était vraiment exquise. Elle n'était pas déçue — pas du tout. Peut-être était-ce parce qu'elle en avait tant entendu parler avant. Elle avait tant et tant d'amies intimes qui y étaient allées tant et tant de fois. Et puis elle avait eu tant et tant de robes et de choses de Paris. Chaque fois qu'elle mettait une robe de Paris, elle avait l'impression d'être en Europe.

— C'était une sorte de chapeau de Fortunatus, dit Winterbourne.

— Oui, dit Miss Miller sans approfondir l'analogie, ça m'a toujours donné envie de venir ici. Mais ça ne valait pas la peine de le faire pour des robes. Je suis certaine qu'ils envoient les plus belles en Amérique ; vous voyez ici les choses les plus épouvantables. — La seule chose que je n'aime pas, poursuivit-elle, c'est la société. Il n'y a pas de société ; ou, s'il y en a une, on ne sait pas où elle se cache. Vous le savez, vous ? Je suppose qu'il y a de la société quelque part, mais je n'en ai rien vu. J'aime beaucoup la société, et je suis toujours très entourée. Pas seulement à Shenectady, mais même à New York. À New York, je ne manquais pas d'entourage. L'hiver dernier, j'ai eu dix-sept dîners donnés pour moi ; dont trois par des messieurs. J'ai plus d'amis à New York qu'à Shenectady — plus d'amis hommes, et plus d'amies femmes aussi — reprit-elle au bout d'un moment.

Elle eut un nouveau bref silence ; elle regardait Winterbourne, irradiant toute sa beauté dans ses yeux animés et son léger sourire un peu monotone.

— J'ai toujours eu, dit-elle, beaucoup de messieurs autour de moi.

Le pauvre Winterbourne était amusé, intrigué et résolument charmé. Il n'avait jamais entendu une jeune fille s'exprimer de cette manière-là, jamais, du moins, si ce n'est dans les cas où le fait de dire de telles choses semblait apporter la preuve manifeste d'une certaine laxité de conduite. Mais devait-il accuser Miss Daisy de réelle ou potentielle *inconduite*, comme on dit à Genève ? Il se dit qu'il avait vécu si longtemps à Genève qu'il était passé à côté de beaucoup de choses ; il avait perdu l'habitude du *ton* américain. Jamais, en fait, depuis le moment où il avait été en âge d'apprécier les choses, il n'avait rencontré une jeune Américaine au caractère aussi marqué que celle-ci. À coup sûr, elle était très charmante ; mais si diablement liante ! Était-ce simplement une jolie fille de l'État de New York — étaient-elles toutes comme cela, les jolies filles qui avaient toujours beaucoup de messieurs autour d'elles ? Ou bien était-ce aussi une jeune intrigante, audacieuse et dénuée de scrupules ? Winterbourne avait perdu son instinct en la matière, et sa raison ne pouvait lui être d'aucun secours. Miss Daisy Miller paraissait extrêmement innocente. On lui avait bien dit parfois que, somme toute, les jeunes Américaines étaient innocentes à l'excès ; et on lui avait dit aussi que, somme toute, elles ne l'étaient pas. Il inclinait à penser que Miss Daisy était un *flirt* — un joli petit *flirt* américain. Il n'avait jamais, jusqu'alors, entretenu de rapports avec des jeunes filles de cette sorte. Il avait connu, ici en Europe, deux ou trois femmes — des personnes plus âgées que Miss Daisy Miller et pourvues, pour des raisons de respectabilité, de maris — qui étaient de grandes coquettes — des femmes dangereuses, terribles, qu'on ne pouvait fréquenter sans s'exposer à voir l'affaire prendre un tour sérieux. Mais cette jeune fille n'était pas une coquette de cette sorte. Elle était très naturelle ; ce n'était qu'un joli *flirt* américain. Winterbourne fut quasiment réconforté d'avoir trouvé la formule qui s'appliquait à Miss Daisy Miller. Il se renversa sur son siège ; il se fit en lui-même la remarque qu'elle avait le nez le plus charmant qu'il ait jamais vu ; il se demanda quelles étaient les conditions et interdits qui gouvernaient les rapports à entretenir avec un joli flirt américain. Il était manifestement sur le point de l'apprendre.

— Avez-vous visité ce vieux château ? demanda la jeune fille en désignant de son ombrelle la lueur lointaine des murs du château de Chillon.

— Oui, auparavant, plus d'une fois, dit Winterbourne. Vous l'avez vu aussi, sans doute ?

— Non, nous n'y sommes pas allés. J'ai affreusement envie d'y aller. J'ai vraiment l'intention d'y aller. Je ne partirai pas d'ici sans avoir vu ce vieux château.

— C'est une très jolie excursion, dit Winterbourne, et très facile à faire. On peut y aller par la route, ou par le petit vapeur.

— On peut y aller en voiture, dit Miss Miller.

— Oui ; on peut y aller en voiture, acquiesça Winterbourne.

— Notre courrier dit qu'on arrive ainsi jusqu'au château, poursuivit la jeune fille. Nous devions y aller la semaine dernière, mais ma mère n'a pas pu. Elle a une dyspepsie qui la fait atrocement souffrir. Elle a dit qu'elle ne pouvait pas partir. Randolph ne voulait pas non plus ; il dit que les châteaux, ça ne lui dit pas grand-chose. Mais je pense que nous irons cette semaine, si nous arrivons à décider Randolph.

— Votre frère ne s'intéresse pas aux monuments anciens ? s'enquit Winterbourne, souriant.

— Il dit que les vieux châteaux, il n'en a pas grand-chose à faire. Il n'a que neuf ans. Il veut rester à l'hôtel. Maman a peur de le laisser seul, et le valet ne veut pas rester avec lui, de sorte que nous ne sommes pas allés dans beaucoup d'endroits. Mais ce serait vraiment dommage de ne pas aller là-haut.

Et Miss Miller désigna de nouveau le château de Chillon.

— Cela devrait pouvoir s'arranger, dit Winterbourne. Ne pourriez-vous trouver quelqu'un pour rester — un après-midi — avec Randolph ?

Miss Miller le considéra un instant ; après quoi, d'un ton très tranquille elle dit :

— Et si *vous* restiez avec lui ?

Winterbourne hésita un moment.

— Je préférerais de beaucoup aller à Chillon avec vous.

— Avec moi ? demanda la jeune fille, avec la même tranquillité.

Elle ne se leva pas en rougissant comme l'aurait fait une jeune fille de Genève ; et cependant, Winterbourne, sentant qu'il avait été très audacieux, se dit qu'il l'avait peut-être offensée.

— Avec votre mère, répondit-il très respectueusement.

Mais, apparemment, ni son audace, ni son respect n'atteignaient Miss Daisy Miller.

— Je crois que ma mère n'ira pas, somme toute, dit-elle. Elle n'aime pas sortir l'après-midi. Mais vous pensiez vraiment ce que vous venez de dire à l'instant, que vous vouliez aller là-haut ?

— Le plus sérieusement du monde, déclara Winterbourne.

— Donc ça peut s'arranger. Si maman reste avec Randolph, je pense qu'Eugenio voudra aussi.

— Eugenio ? s'enquit le jeune homme.

— Eugenio est notre courrier. Il n'aime pas rester avec Randolph, c'est l'homme le plus exaspérant que j'ai jamais vu. Mais c'est un admirable courrier. Je pense qu'il restera avec Randolph si ma mère reste, et alors nous pourrons aller au château.

Winterbourne réfléchit un moment aussi lucidement que possible — le nous ne pouvait désigner que Miss Daisy Miller et lui-même. Ce programme semblait presque trop beau pour être vrai ; il fut sur le point de baiser la main de la jeune dame. Et il l'aurait peut-être fait — et aurait ainsi gâché le projet ; mais à cet instant une autre personne — Eugenio sans doute — apparut. Un grand et bel homme portant une jaquette de velours, avec de superbes favoris et une chaîne de montre brillante s'approcha de Miss Miller, en fixant un regard pénétrant sur son compagnon.

— Oh, Eugenio ! dit Miss Miller de son ton le plus amical.

Eugenio, ayant inspecté Winterbourne de la tête aux pieds, s'inclina gravement vers la jeune dame.

— J'ai l'honneur d'informer mademoiselle que le déjeuner est servi.

Miss Miller se leva lentement.

— Écoutez donc, Eugenio, dit-elle, j'irai à ce vieux château, de toute façon.

— Au château de Chillon, mademoiselle ? demanda le courrier. Mademoiselle a déjà pris ses dispositions ? ajouta-t-il sur un ton que Winterbourne jugea extrêmement impertinent.

Le ton d'Eugenio parut jeter — y compris pour Miss Miller elle-même — une lumière quelque peu ironique sur la situation de la jeune fille. Elle se tourna vers Winterbourne en rougissant légèrement — très légèrement.

— Vous n'allez pas vous défiler ? dit-elle.

— Je n'aurai de cesse que nous n'y allions, protesta-t-il.

— Et vous demeurez dans cet hôtel ? enchaîna-t-elle. Et vous êtes vraiment américain ?

Le courrier continuait à fixer Winterbourne d'un air provocant. Le jeune homme se dit que ce regard était, à tout le moins, une offense faite à Miss Miller : il semblait vouloir dire que le courrier la soupçonnait de « ramasser » des connaissances.

— J'aurai l'honneur de vous présenter une personne qui vous dira tout sur mon compte, dit-il avec un sourire, se référant mentalement à sa tante.

— Bon, c'est réglé, nous irons un de ces jours, dit Miss Miller.

Elle lui adressa un sourire et lui tourna le dos. Elle déploya son ombrelle et reprit le chemin de l'auberge aux côtés d'Eugenio. Winterbourne la suivit du regard ; et tandis qu'elle s'éloignait, traînant ses mousselines falbalassées sur le gravier, Winterbourne se dit qu'elle avait l'allure d'une princesse.

2

Il s'était toutefois engagé un peu trop à la légère en promettant de présenter sa tante, Mrs. Costello, à Miss Daisy Miller. Sitôt que la première de ces deux dames fut remise de sa migraine, il alla lui présenter ses devoirs dans son appartement ; et, après s'être enquis comme il convenait de sa santé, il lui demanda si elle avait remarqué dans l'hôtel une famille — la maman, la fille, et un petit garçon.

— Et un courrier ? dit Mrs. Costello. Oh, oui, je les ai remarqués. Je les ai vus — entendus — et ai porté mes pas ailleurs.

Mrs. Costello était une veuve fortunée ; une personne de grande distinction qui donnait fréquemment à entendre que, n'eût-elle été aussi affreusement sujette à la migraine, elle aurait probablement marqué son époque d'une plus profonde empreinte. Elle avait un visage long et pâle, un grand nez, et une abondante chevelure d'un blanc particulièrement saisissant, qu'elle relevait en grandes bouffettes et rouleaux sur le sommet de sa tête. Elle avait deux fils mariés à New

York, et un troisième qui était maintenant en Europe. Ce jeune homme se distrayait à Hambourg et, bien qu'il fût en voyage, on le voyait rarement dans une ville déterminée au moment choisi par sa mère pour y faire sa propre apparition. Son neveu, qui était venu à Vevey dans le but exprès de la voir, était donc plus empressé que ceux qui, comme elle disait, la touchaient de plus près. Il s'était imprégné à Genève de l'idée qu'on doit toujours être empressé auprès de sa tante. Mrs. Costello ne l'avait pas vu depuis de nombreuses années, et elle se plaisait grandement en sa compagnie, manifestant son approbation en l'initiant à nombre des secrets de l'empire social que, comme elle le lui donnait à comprendre, elle exerçait dans la capitale américaine. Elle admettait qu'elle était très « sélect » ; mais, s'il avait connu New York, il aurait vu qu'on doit l'être. Et son tableau de l'organisation minutieusement hiérarchisée de la société de cette ville, qu'elle lui présentait sous des éclairages nombreux et variés, frappait l'imagination de Winterbourne d'une manière presque accablante.

Il sentit immédiatement, au ton de sa tante, que la place de Miss Daisy Miller dans l'échelle sociale était basse.

— Je crains qu'ils ne vous plaisent guère, dit-il.

— Ils sont très communs, déclara Mrs. Costello. Ils font partie de cette sorte d'Américains qu'on se doit de ne pas — pas admettre.

— Ah, vous ne les admettez pas ? dit le jeune homme.

— Je ne peux pas, mon cher Frederick. Je le ferais volontiers si je le pouvais, mais je ne peux pas.

— La jeune fille est très jolie, dit Winterbourne au bout d'un moment.

— Elle est certainement jolie. Mais très commune.

— Je comprends votre point de vue, bien sûr, dit Winterbourne après un autre silence.

— Elle a cet air charmant qu'elles ont toutes, reprit sa tante. Je me demande bien où elles le prennent ; et elle s'habille à la perfection — non, tu ne sais pas à quel point elle s'habille bien. Je me demande bien où elles trouvent leur goût.

— Mais, ma chère tante, après tout ce n'est pas une sauvage Comanche.

— C'est une jeune dame, dit Mrs. Costello, qui est en excellents termes avec le courrier de sa maman.

— En excellents termes avec le courrier ? demanda le jeune homme.

— Oh, la mère ne vaut guère mieux. Elles se conduisent avec le valet comme si c'était un ami intime. Comme si c'était un gentleman. Je ne m'étonnerais pas qu'il dîne avec elles. Elles n'ont probablement jamais vu personne qui ait de si bonnes manières, de si beaux habits, qui ressemble autant à un gentleman. Il correspond probablement à l'idée que la jeune dame se fait d'un comte. Il s'installe avec elles dans le jardin, le soir. Je crois qu'il fume.

Winterbourne écoutait avec intérêt ces révélations ; elles l'aidaient à se former une opinion sur Miss Daisy. Manifestement, elle était plutôt émancipée.

31

— Enfin, dit-il, je ne suis pas un courrier, et elle a été pourtant très charmante envers moi.

— Tu aurais dû commencer par me dire, fit dignement Mrs. Costello, que tu avais fait sa connaissance.

— Nous nous sommes simplement rencontrés dans le jardin, et avons parlé un peu.

— *Tout bonnement!* Et puis-je savoir ce que tu as dit?

— J'ai dit que j'aimerais oser la présenter à mon excellente tante.

— Je t'en suis infiniment obligée.

— C'était pour fournir un gage de ma respectabilité, dit Winterbourne.

— Et puis-je savoir qui fournira un gage de la sienne?

— Ah, vous êtes cruelle, dit le jeune homme. C'est une jeune fille très bien.

— Tu ne dis pas ça d'un air très convaincu, observa Mrs. Costello.

— Elle a un esprit en friche, reprit Winterbourne. Mais elle est merveilleusement belle, et, en bref, elle est très bien. Pour prouver que j'en suis convaincu, je vais l'emmener au château de Chillon.

— Vous comptez aller là-bas ensemble? Je dirais que cela prouve précisément le contraire. Depuis combien de temps la connaissais-tu, si je puis te le demander, quand cet intéressant projet a été formé? Il n'y a pas vingt-quatre heures que tu es ici.

— Je la connaissais depuis une demi-heure! dit Winterbourne avec un sourire.

— Mon Dieu ! s'écria Mrs. Costello. C'est vraiment une redoutable jeune personne !

Son neveu resta quelques instants silencieux.

— Vous pensez vraiment, commença-t-il, très sincèrement désireux de recueillir une opinion digne de foi — vous pensez vraiment que...

Mais il s'interrompit à nouveau.

— Je pense quoi, monsieur ?

— Que c'est le genre de jeune fille qui attend qu'un homme vienne — tôt ou tard — l'enlever ?

— Je n'ai pas la moindre idée de ce que ces jeunes filles attendent d'un homme. Mais je pense vraiment que tu ferais mieux de ne pas te frotter aux jeunes Américaines « en friche », comme tu dis. Tu as vécu trop longtemps à l'étranger. Tu t'exposes à commettre une grave erreur. Tu es trop innocent.

— Ma chère tante, je ne suis pas si innocent, dit Winterbourne, souriant et frisant sa moustache.

— Tu es trop coupable, alors ?

Winterbourne continuait à se friser la moustache, pensivement.

— Tu ne veux donc pas faire la connaissance de cette pauvre fille ? demanda-t-il enfin.

— Est-il absolument certain qu'elle doive aller au château de Chillon avec toi ?

— Je crois qu'elle en a tout à fait l'intention.

— Alors, mon cher Frederick, dit Mrs. Costello, je dois décliner l'honneur de faire sa connaissance. Je suis une vieille femme, mais pas assez vieille — grâce à Dieu — pour ne pas être choquée.

33

— Mais ne font-elles pas toutes ainsi — les jeunes filles, en Amérique ? demanda Winterbourne.

Mrs. Costello demeura un instant le regard fixe.

— Je voudrais bien voir mes petites-filles agir ainsi, dit-elle d'un ton sinistre.

Ceci paraissait jeter quelque lumière sur le sujet, car Winterbourne se souvenait avoir entendu dire que ses jolies cousines de New York étaient d'« horribles flirts ». Si donc Miss Daisy Miller outrepassait la libérale licence accordée à ces jeunes dames, il était probable qu'on pouvait s'attendre à tout de sa part. Winterbourne était impatient de la revoir, et ennuyé de ne pouvoir se fier à son instinct pour la juger à sa valeur exacte.

Bien qu'impatient de la voir, il ne savait trop ce qu'il pourrait lui dire quant au refus de sa tante de faire connaissance avec elle ; mais il découvrit assez rapidement qu'avec Miss Daisy Miller, il n'était vraiment pas nécessaire d'y aller sur la pointe des pieds. Il la trouva ce soir-là dans le jardin, errant dans la tiédeur de la nuit étoilée, pareille à un sylphe indolent, agitant le plus grand éventail qu'il ait jamais pu contempler. Il était dix heures. Il avait dîné avec sa tante, était demeuré quelque temps en sa compagnie et venait de prendre congé d'elle jusqu'au lendemain. Miss Daisy Miller parut très contente de le voir ; elle déclara que c'était la plus longue soirée qu'elle ait jamais passé.

— Étiez-vous seule ? demanda-t-il.

— Je me suis promenée avec ma mère. Mais elle se fatigue à se promener, répondit-elle.

— Est-elle rentrée se coucher ?

— Non ; elle n'aime pas aller se coucher, dit la jeune fille. Elle ne dort pas — pas trois heures. Elle dit qu'elle ne sait pas comment elle vit. Elle est affreusement nerveuse. Je crois qu'elle dort plus qu'elle ne croit. Elle est partie quelque part chercher Randolph ; elle veut essayer de le faire se coucher. Il n'aime pas aller se coucher.

— Espérons qu'elle arrivera à l'en persuader, dit Winterbourne.

— Elle lui parlera de son mieux ; mais il n'aime pas qu'elle lui parle, dit Miss Daisy en ouvrant son éventail. Elle va essayer de faire en sorte qu'Eugenio lui parle. Mais il ne craint pas Eugenio. Eugenio est un admirable courrier, mais il n'impressionne pas beaucoup Randolph ! Je ne pense pas qu'il ira se coucher avant onze heures.

Il apparut que la veille de Randolph put en fait se prolonger triomphalement, car Winterbourne continua à flâner en compagnie de la jeune fille sans rencontrer sa mère.

— J'ai cherché cette dame à qui vous vouliez me présenter, reprit sa compagne. C'est votre tante.

Winterbourne ayant reconnu le fait et s'étant montré désireux de savoir comment elle l'avait appris, elle dit qu'elle avait tout su sur Mrs. Costello par la femme de chambre. Elle était très tranquille et très *comme il faut* ; elle avait des bouffettes de cheveux blancs ; elle ne parlait à personne, et elle ne dînait jamais à la table d'hôte. Un jour sur deux, elle avait la migraine.

— Je trouve que c'est une description adorable, la migraine et tout ça ! dit Miss Daisy, continuant à babiller de sa petite voix joyeuse. J'ai tellement envie de la connaître ! Je sais exactement comment votre tante sera ; je suis certaine que je l'aimerai. Elle sera très « select ». J'aime qu'une dame soit « select » ; je meurs moi-même d'envie d'être « select ». En fait, nous sommes « select », maman et moi. Nous ne parlons pas à tout le monde — ou tout le monde ne nous parle pas. Je pense que cela revient à peu près au même. De toute façon, je serai tellement contente de connaître votre tante.

Winterbourne était embarrassé.

— Elle en serait très heureuse, dit-il, mais je crains qu'il n'y ait ces migraines...

La jeune fille le regarda à travers l'obscurité.

— Mais elle n'a tout de même pas la migraine tous les jours, dit-elle d'un ton compatissant.

Winterbourne garda un instant le silence.

— C'est en tout cas ce qu'elle me dit, répondit-il enfin — ne sachant que dire.

Miss Daisy Miller s'arrêta pour le regarder. Sa beauté demeurait perceptible même dans l'obscurité ; elle ouvrait et refermait son gigantesque éventail.

— Elle ne veut pas me connaître ! dit-elle soudain. Pourquoi ne me le dites-vous pas ? Vous n'avez pas à avoir peur. Je n'ai pas peur, moi.

Et elle eut un petit rire.

Winterbourne crut percevoir un frémissement dans sa voix. Il en fut touché, ému, mortifié.

— Chère mademoiselle, protesta-t-il, je vous assure qu'elle ne connaît personne. C'est à cause de sa déplorable santé.

La jeune fille fit quelques pas, riant toujours.

— Vous n'avez pas à avoir peur, répéta-t-elle. Pourquoi aurait-elle envie de me connaître ?

Après quoi elle se tut à nouveau ; elle était près du parapet du jardin, et devant elle s'étendait le lac éclairé par les étoiles. Il y avait un léger miroitement sur sa surface, et dans le lointain on distinguait confusément les formes des montagnes. Daisy Miller promena son regard sur le paysage mystérieux et eut un autre petit rire.

— Miséricorde ! elle est vraiment « select » ! dit-elle.

Winterbourne se demanda si elle était blessée pour de bon, et souhaita un instant que le sentiment de l'outrage fût assez développé en elle pour qu'il puisse se permettre de tenter de la rassurer et de la réconforter. Il avait l'agréable sentiment qu'elle serait très abordable à des fins de consolation. Il se sentait, dans l'instant, tout prêt à sacrifier sa tante, par conversation interposée ; à reconnaître que c'était une femme orgueilleuse, brutale, et à déclarer qu'ils ne devaient pas s'en soucier. Mais avant qu'il ait eu le temps de s'engager dans ce périlleux mélange de galanterie et d'impiété, la jeune fille, reprenant sa marche, poussa une exclamation sur un ton différent.

— Tiens ! voilà maman ! Elle n'a pas dû arriver à mettre Randolph au lit.

Une silhouette féminine venait d'apparaître à quelque distance, très confuse dans l'obscurité, qui s'avançait avec un lent mouvement indécis. Soudain, elle parut s'arrêter.

— Êtes-vous certaine que ce soit votre mère ? Pouvez-vous la reconnaître dans cette épaisse obscurité ? demanda Winterbourne.

— Voyons ! s'écria Miss Daisy avec un rire, je crois connaître ma propre mère. Surtout quand elle a mis mon châle. Elle porte toujours mes affaires.

Ayant interrompu son avance, la dame en question semblait hésiter à l'endroit où étaient venus buter ses pas.

— Je crains que votre mère ne vous voie pas, dit Winterbourne. Ou peut-être — ajouta-t-il — en pensant qu'avec Miss Miller la plaisanterie était acceptable — peut-être se sent-elle coupable à propos de votre châle.

— Oh, c'est une affreuse vieillerie, répondit tranquillement la jeune fille. Je lui ai dit qu'elle pouvait le mettre. Si elle ne vient pas, c'est parce qu'elle vous voit.

— Dans ce cas, dit Winterbourne, il vaudrait mieux que je vous laisse.

— Oh non ! venez donc, le pressa Miss Miller.

— Je crains que votre mère n'apprécie guère que je me promène en votre compagnie.

Miss Miller lui jeta un regard sérieux :

— Ce n'est pas pour moi ; c'est pour vous — c'est-à-dire, c'est pour elle. Enfin, je ne sais pas pour qui ! Mais maman n'aime aucun de mes amis masculins. Elle est vraiment timorée. Elle fait toujours des histoires si je lui présente un monsieur. Mais je les présente — presque toujours. Si je ne présentais pas mes amis masculins à maman, ajouta la jeune fille, de sa petite voix douce et monotone — j'aurais l'impression de ne pas être naturelle.

— Pour me présenter, dit Winterbourne, vous devez connaître mon nom.

Et il entreprit de le prononcer.

— Oh, non, je ne peux dire tout ça ! dit sa compagne avec un rire.

Pendant ce temps, ils avaient rejoint Mrs. Miller qui, tandis qu'ils s'approchaient, avait gagné le parapet du jardin et s'y était appuyée, regardant intensément le lac et leur tournant le dos.

— Maman ! dit la jeune fille, d'un ton décidé.

La plus âgée des deux dames se retourna alors.

— Mr. Winterbourne, dit Miss Daisy Miller, présentant le jeune homme de très franche et très jolie manière.

Elle était « commune », comme l'avait décrété Mrs. Costello ; mais Winterbourne s'étonna de trouver en elle, toute commune qu'elle fût, une grâce singulièrement délicate.

La mère était une personne petite, fluette, légère avec un regard mobile, un tout petit nez et un grand front que décorait une certaine quantité de cheveux fins et très frisés. Comme sa fille, Miss Miller était habillée avec une élégance extrême ; elle avait d'énormes diamants aux oreilles. Autant que Winterbourne put s'en rendre compte, elle ne lui fit pas de salut — certainement elle ne le regardait pas. Daisy était auprès d'elle, lui remettant son châle en place.

— Qu'est-ce que tu traînes comme ça dans le coin ? demanda la jeune fille.

Mais son ton ne reflétait en rien la rudesse qu'aurait pu impliquer les mots qu'elle avait choisis.

— Je ne sais pas, dit la mère, se tournant à nouveau vers le lac.

— Je n'aurais jamais cru que tu pourrais vouloir ce châle ! s'exclama Daisy.

— Eh bien — c'est le cas pourtant ! répondit sa mère avec un petit rire.

— Tu es arrivée à mettre Randolph au lit ? demanda la jeune fille.

— Non ; je ne suis pas arrivée à le persuader, dit Mrs. Miller, sur un ton très doux. Il veut parler avec le garçon de l'hôtel. Il aime parler avec ce garçon.

— C'est ce que je disais à Mr. Winterbourne, enchaîna la jeune fille ; et sa voix sonna aux oreilles du jeune homme comme si elle avait prononcé ce nom toute sa vie.

— Ah, oui ! dit Winterbourne. J'ai le plaisir de connaître votre fils.

La maman de Randolph se taisait ; elle s'intéressait au lac. Mais elle finit par parler.

— Je ne vois vraiment pas comment il vit.

— De toute façon, ce n'est pas pire que ça l'était à Douvres, dit Daisy Miller.

— Que se passait-il à Douvres ? demanda Winterbourne.

— Il ne voulait absolument pas aller se coucher. Je crois qu'il restait levé toute la nuit — dans le salon commun. Il n'était pas au lit à minuit — je le sais.

— Il était minuit et demi, dit Mrs. Miller avec un accent de gentille insistance.

— Est-ce qu'il dort beaucoup pendant la journée ? demanda Winterbourne.

— Je ne crois pas qu'il dorme beaucoup, répliqua Daisy.

— J'aimerais qu'il le fasse ! dit sa mère. On dirait qu'il ne peut pas.

— Il est vraiment exaspérant, poursuivit Daisy.

Puis, durant quelques instants, le silence régna.

— Voyons ! Daisy Miller, dit la plus âgée des deux dames, tu ne devrais pas parler ainsi contre ton frère.

— Mais il est vraiment exaspérant, maman, dit Daisy, sans qu'il y ait dans sa voix rien de l'âpreté d'une réplique.

— Il n'a que neuf ans, insista Mrs. Miller.

— Enfin, il refuse d'aller à ce château, dit la jeune fille. J'irai avec Mr. Winterbourne.

À cette annonce, très tranquillement faite, la maman de Daisy ne répondit rien. Winterbourne présuma qu'elle désapprouvait vivement l'excursion projetée ; mais il se dit que c'était une personne simple, facile à manier, et que quelques protestations respectueuses seraient de nature à atténuer son déplaisir.

— Oui, commença-t-il, votre fille a bien voulu me faire l'honneur de m'accepter comme guide.

Les yeux mobiles de Mrs. Miller se fixèrent, avec une sorte de supplication, sur Daisy qui s'éloigna de quelques pas en chantonnant doucement pour elle-même.

— Je suppose que vous irez par la voiture, dit la mère.

— Oui ; ou par le bateau, dit Winterbourne.

— Enfin, évidemment je ne sais pas, répliqua Mrs. Miller. Je n'ai jamais été dans ce château.

— C'est dommage que vous ne puissiez venir, dit Winterbourne, commençant à se sentir rassuré quant aux résistances qu'elle pouvait lui opposer.

Il était cependant tout à fait préparé à découvrir que, tout naturellement, elle avait l'intention d'accompagner sa fille.

— Nous avons tant envisagé d'y aller, poursuivit-elle ; mais apparemment, ce n'était jamais possible. Bien sûr, Daisy a envie de circuler. Mais il y a une dame ici — je ne connais pas son nom — qui dit qu'elle ne comprend pas que nous puissions avoir envie d'aller voir des châteaux ici ; elle comprendrait que nous attendions d'être en Italie. On dit qu'il y en a tant là-bas, poursuivit Mrs. Miller, d'un ton de plus en plus assuré. Bien sûr, nous voulons voir seulement les principaux. Nous en avons visité plusieurs en Angleterre — ajouta-t-elle au bout d'un moment.

— Ah, oui ! En Angleterre il y a des châteaux admirables, dit Winterbourne. Mais Chillon, ici, mérite vraiment d'être vu.

— Enfin, si Daisy se sent de taille à entreprendre... dit Mrs. Miller, sur un ton qui disait toute l'ampleur de l'entreprise. Il semble que rien ne puisse la faire reculer.

— Oh, je pense qu'elle aimera beaucoup ! déclara Winterbourne.

Il était de plus en plus désireux de s'assurer le privilège d'un *tête-à-tête* avec la jeune fille, qui continuait à aller et venir devant eux, vocalisant doucement.

— Vous n'avez pas l'intention, madame, d'entreprendre quant à vous cette excursion ? s'enquit-il.

La mère de Daisy le regarda, un instant, obliquement, puis fit quelques pas en silence.

— Je crois qu'elle aimera mieux y aller seule, dit-elle simplement.

Winterbourne se fit la remarque que c'était une manière d'envisager le rôle de mère bien différente de celle des vigilantes matrones qui se massaient aux premières lignes des relations sociales dans la vieille ville austère à l'autre bout du lac. Mais ses réflexions furent interrompues par l'énoncé de son nom très distinctement proféré par la fille sans défense de Mrs. Miller.

— Mr. Winterbourne ! murmura Daisy.

— *Mademoiselle !* dit le jeune homme.

— Voulez-vous m'emmener faire une promenade en bateau ?

— Maintenant ? demanda-t-il.

— Bien sûr ! dit Daisy.

— Voyons, Annie Miller ! s'exclama la mère.

— Je vous en prie, madame, accordez-lui votre permission, dit ardemment Winterbourne.

Car jamais encore il n'avait éprouvé la merveilleuse sensation de diriger sous les étoiles d'un ciel d'été une embarcation ayant à son bord une fraîche et belle jeune fille.

— Je ne pense pas qu'elle le veuille vraiment, dit la mère ; je pense qu'elle ferait mieux de rentrer.

— Je suis sûre que Mr. Winterbourne veut m'emmener, déclara Daisy. Il est si terriblement dévoué !

— Pour vous, je ramerai jusqu'à Chillon, sous les étoiles.

— Je ne vous crois pas ! dit Daisy.

— Voyons ! s'écria la plus âgée des deux dames.

— Cela fait une demi-heure que vous ne m'avez pas parlé, poursuivit la fille.

— Je me trouvais entretenir une conversation très agréable avec votre mère, dit Winterbourne.

— Bon ; je veux que vous m'emmeniez faire une promenade en bateau ! répéta Daisy.

Ils étaient tous trois arrêtés, elle s'était tournée et regardait Winterbourne. Son visage s'éclairait d'un sourire charmeur, ses beaux yeux brillaient, elle agitait son grand éventail. Non ; il ne saurait rien y avoir d'aussi joli, se dit Winterbourne.

— Il y a une demi-douzaine de bateaux amarrés à l'embarcadère, dit-il en désignant les marches qui descendaient du jardin vers le lac. Si vous me faites l'honneur d'accepter mon bras, nous irons en choisir un.

Daisy demeurait là, souriante ; elle rejeta la tête en arrière et émit un petit rire.

— J'aime qu'un monsieur y mette les formes ! déclara-t-elle.

— Je vous assure que c'est une offre en bonne et due forme.

— J'étais sûre que j'arriverais à vous faire dire quelque chose, poursuivit Daisy.

— Vous voyez, ce n'est pas très difficile, dit Winterbourne. Mais je crains que vous ne soyez en train de me taquiner.

— Ce n'est pas mon avis, monsieur, remarqua Mrs. Miller, avec beaucoup de douceur.

— Permettez-moi donc de vous offrir une promenade en barque, dit-il à la jeune fille.

— C'est vraiment adorable, comme vous le dites ! s'écria Daisy.

— Ce serait encore plus adorable de le faire.

— Oui, ce serait adorable ! dit Daisy.

Mais elle ne fit aucun mouvement pour l'accompagner ; elle se contenta de demeurer là en riant.

— Je pense que tu ferais mieux de voir l'heure qu'il est, intervint sa mère.

— Il est onze heures, madame, dit une voix à l'accent étranger qui sortait des ténèbres environnantes ; et, se retournant, Winterbourne aperçut le personnage fleuri qui était au service des deux dames. Apparemment, il venait d'arriver.

— Eugenio, dit Daisy, je vais faire un tour en barque !

Eugenio s'inclina.

— À onze heures, *Mademoiselle ?*

— Je pars avec Mr. Winterbourne. À l'instant même.

— Dites-lui que ce n'est pas une chose à faire, dit Mrs. Miller au courrier.

— Je pense que vous feriez mieux de ne pas aller faire de tour en barque, *Mademoiselle*, déclara Eugenio.

Winterbourne aurait tout donné pour que cette belle jeune fille ne fût pas aussi familière avec son courrier ; mais il ne dit rien.

— Je suppose que vous trouvez que ce n'est pas convenable ! s'exclama Daisy. Pour Eugenio, rien n'est jamais convenable.

— Je suis à votre disposition, dit Winterbourne.

— *Mademoiselle* envisage-t-elle de partir seule ? s'enquit Eugenio auprès de Mrs. Miller.

— Oh, non, avec ce monsieur ! répondit la maman de Daisy.

Le courrier considéra un instant Winterbourne — ce dernier eut l'impression qu'il souriait — puis, solennellement, en s'inclinant :

— Comme il plaira à *Mademoiselle*.

— Oh, j'espérais que vous alliez faire des histoires ! dit Daisy. Je n'ai plus envie d'y aller maintenant.

— C'est moi qui ferai des histoires si vous ne venez pas, dit Winterbourne.

— C'est tout ce qu'il me faut — quelques petites histoires !

Et la jeune fille se remit à rire.

— Mr. Randolph est allé se coucher, annonça froidement le valet.

— Oh, Daisy, à présent on rentre ! dit Mrs. Miller.

Daisy s'écarta de Winterbourne, le regardant, souriant et s'éventant.

— Bonne nuit, dit-elle ; j'espère que vous êtes déçu, ou dégoûté, ou quelque chose !

Il la regarda, prenant la main qu'elle lui offrait.

— Je suis déconcerté, répondit-il.

— Enfin, j'espère que ça ne vous empêchera pas de dormir, dit-elle vivement.

Et, escortées par l'heureux Eugenio, les deux dames s'en furent en direction de l'hôtel.

Winterbourne les suivit du regard ; il était effectivement déconcerté. Il s'attarda un quart d'heure au bord du lac, s'interrogeant sur le mystère des brusques familiarités et caprices de la jeune fille. Mais la seule conclusion bien nette à laquelle il parvint fut qu'il aimerait diablement « sortir » avec elle quelque part.

Deux jours plus tard, il sortait avec elle pour aller au château de Chillon. Il l'attendit dans le vaste hall de l'hôtel où les courriers, les domestiques, les touristes étrangers déambulaient, le regard aux aguets. Ce n'était pas l'endroit qu'il aurait choisi, mais c'était celui qu'elle lui avait fixé. Elle arriva, descendant l'escalier d'un pas léger, boutonnant ses longs gants, serrant son ombrelle fermée contre sa jolie personne, habillée à la perfection d'une toilette de voyage d'une sobre élégance. Winterbourne était un homme d'imagination et, comme disaient nos ancêtres, de sensibilité ; tandis qu'il regardait sa toilette, sur le monumental escalier, son petit pas rapide et confiant, il eut la sensation que quelque chose de romantique se préparait. Pour un peu, il aurait cru qu'il était sur le point de s'enfuir avec elle. Il traversa avec elle la foule des oisifs assemblés dans le lieu. Tous fixaient sur elle des regards particulièrement intenses ; elle s'était mise à bavarder sitôt qu'elle l'avait rejoint. Winterbourne aurait préféré aller à Chillon en voiture ; mais elle exprima vivement le souhait de prendre le petit vapeur ; elle déclara qu'elle avait toujours eu une passion pour les bateaux à vapeur. Il y avait toujours une si adorable brise sur l'eau, et on y voyait tant de gens. La traversée n'était pas longue, mais la compagne de Winterbourne trouva le temps de dire un tas de choses. Pour le jeune homme, cette petite excursion ressemblait tellement à une escapade — une aventure — que, même compte tenu du sens de la liberté qu'elle manifestait habituellement, il avait quelque espoir de la voir dans les mêmes dispositions. Mais il faut avouer que, sur ce point, il fut déçu. Daisy Miller était extrêmement animée, elle était d'une humeur charmante ; mais apparemment, elle n'était absolument pas excitée ; elle n'était pas troublée ; elle n'évitait pas son regard, pas plus que celui de quiconque, elle ne rougissait pas davantage quand il la regardait que lorsqu'elle s'apercevait que les gens la regardaient. Les gens continuaient à la regarder abondamment, et Winterbourne était très satisfait de l'air distingué de sa belle compagne. Il avait vaguement craint qu'elle ne parle fort, qu'elle ne rie exagérément et même, peut-être, qu'elle ne désire aller et venir sur le bateau de manière inconsidérée. Mais il avait complètement oublié ses craintes, il restait assis, les yeux fixés sur son visage, tandis que, sans bouger de sa place, elle lui faisait part d'un grand nombre de réflexions originales. C'était le plus charmant babil qu'il ait jamais entendu. Il avait admis implicitement qu'elle était « commune » ; mais l'était-elle, après tout, ou était-il simplement en train de s'habituer à ses mœurs ? Sa conversation relevait principalement de ce que les métaphysiciens appellent le tour objectif, mais de temps à autre elle prenait un tour subjectif.

48

— Qu'avez-vous à faire une tête aussi solennelle ? demanda-t-elle soudainement en plongeant ses yeux aimables dans ceux de Winterbourne.

— Ai-je l'air solennel ? demanda-t-il. Je croyais avoir un sourire d'une oreille à l'autre.

— Vous faites une tête comme si vous m'emmeniez à un enterrement. Si c'est un sourire, vous avez les oreilles vraiment rapprochées.

— Vous voudriez que je danse la matelote sur le pont ?

— Oh, oui, allez-y, je ferai la quête avec votre chapeau. Ça paiera les dépenses de notre voyage.

— Je n'ai jamais été aussi heureux de ma vie, murmura Winterbourne.

Elle le regarda un instant, puis partit d'un petit rire.

— J'adore vous faire dire ce genre de choses ! Vous faites un drôle de mélange !

Au château, après qu'ils eurent débarqué, l'élément subjectif l'emporta résolument. Daisy trottina légèrement à travers les salles voûtées, fit bruisser ses jupes dans les escaliers en colimaçon, eut un mouvement de recul accompagné d'un frisson et d'un joli petit cri au bord des *oubliettes*, et prêta une oreille particulièrement bien ciselée à tout ce que Winterbourne lui disait sur le lieu. Mais il vit qu'elle se souciait fort peu des antiquités féodales et que les poussiéreuses traditions de Chillon ne l'impressionnaient que très modérément. Ils eurent la bonne fortune de pouvoir déambuler sans autre compagnie que celle du gardien ; et Winterbourne se mit d'accord avec ce fonctionnaire pour qu'il ne les pressât pas — pour qu'ils puissent s'attarder et s'arrêter partout où ils choisiraient de le faire. Le gardien interpréta généreusement le marché — Winterbourne, de son côté, s'était montré généreux — et finit par les laisser totalement l'un à l'autre. Les remarques de Miss Miller ne se signalaient pas par l'esprit de logique ; elle trouvait toujours un prétexte pour tout ce qu'elle avait envie de dire. Elle trouva de nombreux prétextes dans les embrasures accidentées de Chillon pour poser à Winterbourne de soudaines questions sur lui-même — sa famille, sa vie passée, ses goûts, ses habitudes, ses intentions — et pour le renseigner sur les points correspondants de sa propre personnalité. Sur ses goûts, habitudes et intentions, Miss Miller était toute prête à fournir les renseignements les plus précis et, de fait, les plus favorables.

— Eh bien, vous en savez des choses ! dit-elle à son compagnon, après qu'il lui eut raconté l'histoire de l'infortuné Bonivard. Je n'ai jamais vu un homme qui en sache autant !

L'histoire de Bonivard lui était manifestement, comme on dit, entrée par une oreille et sortie par l'autre. Mais Daisy poursuivit en disant qu'elle aimerait que Winterbourne voyage et « circule » avec eux : ils pourraient peut-être savoir quelque chose, de cette manière. « Vous ne voulez pas venir donner des leçons à Randolph ? » demanda-t-elle. Winterbourne dit que rien ne saurait lui être plus agréable, mais qu'il avait malheureusement d'autres occupations. « D'autres occupations ? je ne vous crois pas ! » dit Miss Daisy. « Que voulez-vous dire ? vous n'êtes pas dans les affaires. » Le jeune homme convint qu'il n'était pas dans les affaires ; mais il avait des engagements qui, sous un jour ou deux, le contraindraient à regagner Genève. « Ah, zut ! dit-elle. Je ne vous crois pas ! » et elle se mit à parler d'autre chose. Mais quelques instants plus tard, alors qu'il était en train de lui signaler la beauté des lignes d'une cheminée ancienne, elle s'écria, tout à fait hors de propos :

— Vous n'allez vraiment pas me dire que vous retournez à Genève ?

— C'est une chose bien triste à dire, mais je dois retourner à Genève demain.

— Eh bien, Mr. Winterbourne, dit Daisy, je vous trouve vraiment horrible !

— Oh, ne dites pas de choses aussi affreuses ! dit Winterbourne. Juste le dernier jour.

— Le dernier ! s'écria la jeune fille. Pour moi, c'est le premier. J'ai presque envie de vous planter là et de filer directement à l'hôtel — seule.

Et pendant les dix minutes qui suivirent, elle ne fit rien d'autre que lui dire qu'il était vraiment horrible. Le pauvre Winterbourne était complètement désorienté ; aucune jeune dame ne lui avait jusqu'ici fait l'honneur d'être aussi perturbée par l'annonce de ses déplacements. Après cela, sa compagne cessa de prêter la moindre attention aux curiosités de Chillon ou aux beautés du lac ; elle ouvrit le feu sur la mystérieuse beauté fatale de Genève qu'il était si pressé de rejoindre — c'est du moins ce qu'elle paraissait avoir immédiatement décrété. Comment Miss Daisy Miller savait-elle qu'il y avait une beauté fatale à Genève ? Winterbourne, qui niait l'existence d'une telle personne, fut totalement incapable de le découvrir ; et il était partagé entre l'étonnement devant la rapidité de l'induction de Miss Miller et l'amusement devant la franchise ouverte de son *persiflage*. Dans tout ceci, elle lui apparut comme un extraordinaire mélange d'innocence et de brutalité.

— Elle ne vous accorde jamais plus de trois jours de suite ? demanda ironiquement Daisy. Elle ne vous donne pas de congé d'été ? Il n'y a personne d'exploité au point de ne pas avoir un congé en cette saison. Je suppose que si vous restez un jour de plus, elle prendra le bateau pour venir vous chercher. Attendez jusqu'à vendredi, je vous en prie, je descendrai au débarcadère assister à son arrivée !

Winterbourne commençait à penser qu'il avait eu tort de se sentir déçu par les dispositions de la jeune fille lorsqu'elle avait pris place à bord. Si l'accent personnel était alors absent, le voilà qui faisait son apparition. Il l'entendit sonner très nettement, enfin, quand elle lui dit qu'elle cesserait de le « taquiner » s'il lui promettait solennellement de venir à Rome cet hiver.

— Ce n'est pas une promesse bien difficile à faire, dit Winterbourne. Ma tante a retenu un appartement à Rome pour l'hiver, et m'a déjà demandé de venir la voir.

— Je ne veux pas que vous veniez pour votre tante, dit Daisy. Je veux que vous veniez pour moi.

Et ce fut la seule allusion que le jeune homme devait jamais l'entendre faire à sa peu agréable parente. Il déclara que, de toute façon, il viendrait certainement. Après ceci, Daisy cessa de le taquiner. Winterbourne prit une voiture, et ils rentrèrent à Vevey dans la nuit tombante ; la jeune fille fut très tranquille.

Dans la soirée, Winterbourne signala incidemment à Mrs. Costello qu'il avait passé l'après-midi à Chillon, avec Miss Daisy Miller.

— Les Américaines — celles du courrier ? demanda cette dame.

— Ah, heureusement, dit Winterbourne, le courrier est resté à l'hôtel.

— Elle est allée avec toi toute seule ?

— Toute seule.

Mrs. Costello porta son flacon de sels à ses narines.

— Et c'est donc ça, s'exclama-t-elle, la jeune personne que tu voulais me faire connaître !

3

Winterbourne, qui avait regagné Genève le lendemain de son excursion à Chillon, partit pour Rome vers
la fin de janvier. Sa tante y résidait depuis quelques semaines, et il avait reçu deux lettres d'elle. « Ces gens
auprès de qui tu étais si empressé l'été dernier à Vevey se trouvent ici, courrier compris », écrivait-elle.
« Ils semblent avoir noué un certain nombre de
connaissances, mais le valet est toujours le plus *intime*.
La jeune fille, toutefois, est aussi très intime avec
quelques Italiens de troisième zone, avec qui elle fait
la noce d'une manière qui fait beaucoup jaser. Ap-
porte-moi ce joli roman de Cherbuliez — *Paule
Méré* — et ne viens pas plus tard que le 23. »

Suivant l'ordre normal des choses, Winterbourne
aurait dû, dès son arrivée à Rome, s'enquérir de
l'adresse de Mrs. Miller auprès de la banque américaine, et présenter ses devoirs à Miss Daisy.

— Après ce qui s'est passé à Vevey, je pense avoir
le droit de les fréquenter, dit-il à Mrs. Costello.

— Si, après ce qui se passe — à Vevey et partout —, tu désires rester en relations, tu seras très bien reçu. Naturellement, les hommes peuvent fréquenter n'importe qui. Grand bien leur fasse !

— Dites-moi s'il vous plaît ce qui se passe — ici par exemple ? demanda Winterbourne.

— La fille se promène seule avec ses étrangers. Quant à ce qui se passe ensuite, il faut que tu te renseignes ailleurs. Elle a ramassé une demi-douzaine des habituels coureurs de dot romains, et elle les exhibe dans les maisons où elle se rend. Quand elle va à un dîner, elle a toujours avec elle un monsieur avec des tas de bonnes manières et une sémillante moustache.

— Et où est la mère ?

— Je n'en ai pas la moindre idée. Ce sont des personnes vraiment atroces.

Winterbourne médita un instant.

— Elles sont très ignorantes — très innocentes. Ceci dit, elles ne sont pas mauvaises.

— Elles sont irrémédiablement vulgaires, dit Mrs. Costello. Quant à savoir si être irrémédiablement vulgaire est « mauvais » ou non, c'est une question pour les métaphysiciens. Elles sont assez mauvaises pour être antipathiques, de toute façon ; et pour le peu de temps que nous avons à vivre, ça suffit bien.

L'annonce que Daisy Miller était entourée d'une demi-douzaine de sémillantes moustaches freina l'élan qui poussait Winterbourne à aller la voir sans plus tarder. Peut-être ne s'était-il pas totalement laissé bercer par l'idée qu'il avait marqué son cœur d'une ineffaçable empreinte, mais il était néanmoins ennuyé d'apprendre un état de choses si peu en harmonie avec une image qu'il avait ces derniers temps laissé aller et venir dans ses méditations ; l'image d'une très belle jeune fille se penchant à la fenêtre d'une vieille demeure romaine et se demandant instamment quand arriverait Mr. Winterbourne. Si, toutefois, il décida d'attendre un peu avant de se rappeler au bon souvenir de Miss Miller, il fut très prompt à aller voir deux ou trois amis. Parmi eux figurait une dame américaine qui avait passé plusieurs hivers à Genève, où elle avait placé ses enfants à l'école. C'était une femme très accomplie, et elle habitait Via Gregoriana. Winterbourne la trouva dans un petit salon cramoisi, à un deuxième étage ; la pièce baignait dans le soleil du Midi. Il n'y avait pas dix minutes qu'il était là quand le domestique entra, annonçant « Madame Mila ! ». Cet avis fut bientôt suivi de l'entrée du petit Randolph Miller, qui s'arrêta au milieu de la pièce et y demeura, fixant Winterbourne. Un instant plus tard, sa jolie sœur franchit le seuil ; puis, au bout d'un temps assez long, Mrs. Miller s'avança lentement.

— Je vous connais ! dit Randolph.

— Je suis certain que tu connais beaucoup de choses, s'exclama Winterbourne en le prenant par la main. Où en est ton éducation ?

Daisy était en train d'échanger de très jolies salutations avec son hôtesse ; mais, quand elle entendit la voix de Winterbourne, elle tourna vivement la tête.

— Tiens, çà alors ! dit-elle.

— Je vous avais dit que je viendrais, souvenez-vous, répliqua Winterbourne, souriant.

— Eh bien, je ne vous ai pas cru, dit Miss Daisy.

— Je vous en suis très obligé, dit en riant le jeune homme.

— Vous auriez pu venir me voir, dit Daisy.

— Je suis arrivé hier.

— Je ne vous crois pas ! déclara la jeune fille.

Winterbourne se tourna avec un sourire de protestation vers la mère de Daisy. Mais cette dame esquiva son regard et, prenant place, fixa son attention sur son fils.

— Chez nous, c'est plus grand que ça, dit Randolph. C'est tout de l'or sur les murs.

Mrs. Miller remua, mal à l'aise, sur son siège.

— Je t'avais dit que si je t'emmenais, il faudrait que tu dises quelque chose ! murmura-t-elle.

— C'est moi qui te l'ai dit ! s'exclama Randolph. Je vous le dis à vous aussi, monsieur, ajouta-t-il facétieusement en donnant un petit coup sur le genou de Winterbourne. C'est bien plus grand, aussi.

Daisy avait entamé une conversation animée avec son hôtesse ; Winterbourne jugea décent d'adresser quelques mots à la mère.

— J'espère que vous allez bien depuis que nous nous sommes séparés à Vevey, dit-il.

Mrs. Miller, assurément, le regardait cette fois — regardait son menton.

— Pas très bien, monsieur, répondit-elle.

— Elle a la dyspepsie, dit Randolph. Je l'ai aussi. Papa l'a eue ! Mais moi, je l'ai eue pire !

Loin d'embarrasser Mrs. Miller, cette proclamation sembla au contraire la soulager.

— Je souffre du foie, dit-elle. Je pense que c'est le

climat ; il est moins vivifiant qu'à Shenectady, surtout pendant la saison d'hiver. Je ne sais pas si vous savez que nous résidons à Shenectady. Je disais à Daisy que je n'avais vraiment pas trouvé un homme comme le docteur Davis, et je ne crois pas que j'en trouverai un. Oh, à Shenectady, il est le premier ; on ne jure que par lui. Il a tant à faire, et pourtant il n'y a rien qu'il n'aurait fait pour moi. Il disait qu'il n'avait jamais rien vu de semblable à ma dyspepsie ; mais il s'était promis de m'en guérir. Je suis sûre qu'il n'y a rien qu'il n'aurait essayé. Il se préparait justement à essayer quelque chose de nouveau quand nous sommes partis. Mr. Miller voulait que Daisy voie l'Europe par elle-même. Mais, comme je l'ai écrit à Mr. Miller, apparemment je ne peux pas me passer du docteur Davis. À Shenectady, il est vraiment au sommet. Et il y a pas mal de maladies par là-bas, aussi. Ça affecte mon sommeil.

Mr. Winterbourne put s'offrir une bonne dose de papotage pathologique avec la patiente du docteur Davis, pendant que, de son côté, Daisy babillait sans relâche avec son interlocutrice. Le jeune homme demanda à Mrs. Miller ce qu'elle pensait de son séjour à Rome.

— Eh bien, je dois dire que je suis déçue, répondit-elle. On nous en avait dit tant et tant : trop sans doute. Mais c'était inévitable. Nous avions été conduites à attendre quelque chose de différent.

— Ah, mais patientez un peu et vous aimerez beaucoup cette ville, dit Winterbourne.

— Je la déteste de plus en plus chaque jour ! s'écria Randolph.

— Tu es comme Hannibal enfant, dit Winterbourne.

— Risque pas ! déclara Randolph, à tout hasard.

— Tu n'as pas grand-chose d'un enfant, dit sa mère. Mais nous avons vu des endroits, reprit-elle, que je placerais bien avant Rome.

Et en réponse à l'air interrogatif de Winterbourne :

— Il y a Zurich, remarqua-t-elle. Je trouve Zurich adorable ; et pourtant on ne nous en a pas parlé moitié autant.

— Le meilleur endroit qu'on ait vu, c'est le *Ville de Richmond* ! dit Randolph.

— Il parle du bateau, expliqua sa mère. C'est celui que nous avons pris pour la traversée. Randolph s'est bien amusé sur le *Ville de Richmond*.

— C'est le meilleur endroit que j'ai vu, répéta l'enfant. Seulement il était tourné du mauvais côté.

— Enfin, il faudra bien que nous le reprenions du bon côté un jour, dit Mrs. Miller avec un petit rire.

Winterbourne exprima l'espérance que sa fille trouvait au moins quelque satisfaction à Rome, et Mrs. Miller déclara que Daisy était positivement ravie.

— C'est à cause de la société — la société est splendide. Elle circule partout ; elle s'est fait beaucoup de relations. Évidemment, elle circule plus que moi. Je dois dire qu'ils ont été très accueillants avec elle ; on l'a immédiatement acceptée. Et maintenant elle connaît beaucoup de messieurs. Oh, elle pense qu'il n'y a rien de comparable à Rome. Évidemment, c'est bien plus agréable pour une jeune fille si elle connaît des tas de messieurs.

Pendant ce temps, Daisy venait de reporter son attention sur Winterbourne.

— J'ai dit à Mrs. Walker comme vous étiez méchant ! annonça la jeune fille.

— Et quelle preuve avez-vous avancé ? demanda Winterbourne, plutôt ennuyé de voir Miss Miller méconnaître l'empressement d'un admirateur qui, descendant à Rome, ne s'était arrêté ni à Bologne ni à Florence, simplement à cause d'une certaine impatience sentimentale. Il se souvint qu'un compatriote cynique lui avait dit un jour que les Américaines — les jolies, et ceci donnait de l'ampleur à l'axiome — étaient à la fois les plus exigeantes du monde, et les moins pourvues du sens de la dette.

— Oui, vous avez été horriblement méchant à Vevey, dit Daisy. Vous n'avez voulu rien faire. Vous n'avez pas voulu rester quand je vous l'ai demandé.

— Très chère mademoiselle, s'écria avec feu Winterbourne, ai-je fait tout ce chemin jusqu'à Rome pour encourir vos reproches ?

— Écoutez-le parler ! dit Daisy à son hôtesse, en tiraillant légèrement un des nœuds de ruban de cette dame. Avez-vous jamais entendu quelque chose d'aussi cocasse ?

— Cocasse, ma chère ? murmura Mrs. Walker, sur le ton de quelqu'un résolu à défendre Winterbourne.

— Euh, je ne sais pas, dit Daisy en tripotant les rubans de Mrs. Walker. Mrs. Walker, il faut que je vous dise quelque chose.

— Mère, intervint Randolph de sa voix dure, il faut partir. Eugenio ne sera pas content !

— Je n'ai pas peur d'Eugenio, dit Daisy avec un

mouvement de tête. Écoutez, Mrs. Walker, poursuivit-
elle, vous savez que je viens à votre soirée.

— Je suis ravie de l'entendre.

— J'ai une robe adorable.

— Je n'en doute pas.

— Mais je veux vous demander une faveur — la
permission d'amener un ami.

— Je serai toujours heureuse de voir vos amis, dit
Mrs. Walker, en se tournant avec un sourire vers
Mrs. Miller.

— Oh, ce ne sont pas mes amis, répondit la maman
de Daisy avec le sourire timide qui lui était coutumier.
Je ne leur ai jamais parlé !

— C'est vraiment un ami à moi, un ami intime —
M. Giovanelli, dit Daisy, sans le moindre frémissement
dans sa petite voix claire, ni la moindre ombre sur son
lumineux petit visage.

Mrs. Walker resta un moment sans parler, jeta un rapide regard en direction de Winterbourne.

— Je serai heureuse de voir M. Giovanelli, dit-elle.

— C'est un Italien, poursuivit Daisy, adorablement
sereine. C'est un grand ami à moi — c'est le plus bel
homme du monde — Mr. Winterbourne mis à part ! Il
connaît énormément d'Italiens, mais il a envie de
connaître quelques Américains. Il pense tant de bien
des Américains. Il est formidablement intelligent. Il est
parfaitement adorable !

Il fut convenu que ce personnage d'exception viendrait à la soirée de Mrs. Walker, après quoi Mrs. Miller se prépara à prendre congé.

— Je crois que nous allons rentrer à l'hôtel, dit-elle.

— Tu peux rentrer à l'hôtel, maman, mais moi je vais faire un tour.

— Elle va faire un tour avec M. Giovanelli, clama Randolph.

— Je vais au Pincio, dit Daisy en souriant.

— Seule, ma chérie, à cette heure ? demanda Mrs. Walker.

L'après-midi touchait à sa fin — c'était l'heure où affluaient les attelages et les piétons contemplatifs.

— Cela ne me paraît pas très prudent, ma chère, dit Mrs. Walker.

— À moi non plus, renchérit Mrs. Miller. Tu vas attraper la fièvre, je te le jure. Souviens-toi de ce que t'a dit le docteur Davis.

— Donne-lui quelques médicaments avant qu'elle ne s'en aille, dit Randolph.

Tout le monde s'était levé ; Daisy, sans cesser d'exhiber ses jolies dents, se pencha pour embrasser son hôtesse.

— Mrs. Walker, vous êtes trop parfaite, dit-elle. Je ne pars pas seule ; je vais rejoindre un ami.

— Ton ami ne t'empêchera pas d'attraper la fièvre, observa Mrs. Miller.

— Est-ce M. Giovanelli ? s'enquit l'hôtesse.

Winterbourne observait la jeune fille ; à cette question, son attention se précipita. Elle était là, souriante et lissant les rubans de sa coiffe ; elle lança un regard à Winterbourne. Puis, continuant à sourire et à le regarder, elle répondit sans trace d'hésitation :

— C'est M. Giovanelli — le beau M. Giovanelli.

— Ma chère jeune amie, dit Mrs. Walker en lui prenant la main, sur le ton de la prière, n'allez pas au Pincio à cette heure-ci pour y rejoindre un bel Italien.

— Il parle anglais, dit Mrs. Miller.

— Bonté divine ! s'exclama Daisy, je ne veux rien faire de malhonnête. Il y a une manière facile de trancher la question. (Elle continuait à lancer des regards en direction de Winterbourne.) Le Pincio n'est qu'à une centaine de mètres d'ici, et si Mr. Winterbourne était aussi poli qu'il affecte de l'être, il s'offrirait à m'y accompagner !

La politesse de Winterbourne se hâta de s'affirmer, et la jeune fille lui accorda gracieusement la latitude de l'accompagner. Ils descendirent l'escalier devant la mère et, à la porte, Winterbourne aperçut la voiture de Mrs. Miller rangée le long du trottoir avec, installé à l'intérieur, le décoratif courrier dont il avait fait la connaissance à Vevey.

— Au revoir, Eugenio ! s'écria Daisy, je vais faire un tour.

La distance qui sépare la Via Gregoriana de l'admirable jardin situé à l'autre bout de la Colline du Pincio est, en fait, rapidement franchie. Cependant, comme la journée était splendide et l'affluence de véhicules, promeneurs et flâneurs, considérable, les deux jeunes Américains trouvèrent leur progression fréquemment retardée. Le fait convenait pleinement à Winterbourne, en dépit de la conscience qu'il avait de l'étrangeté de sa situation. Le flot lent et curieux de la foule romaine prêtait grande attention à la très jolie jeune dame étrangère qui la traversait à son bras ; et Winterbourne se demandait ce que Daisy pouvait bien avoir eu dans l'esprit quand elle avait envisagé de s'exposer, sans escorte, aux appréciations de cette foule. Il avait apparemment pour mission, du moins selon Daisy, de la remettre entre les mains de M. Giovanelli ; mais Winterbourne, à la fois ennuyé et flatté, décida qu'il n'en ferait rien.

— Pourquoi n'êtes-vous pas venu me voir ? demanda Daisy. Vous n'allez pas vous en tirer comme ça.

— J'ai eu l'honneur de vous dire que je venais de descendre du train.

— Vous avez dû passer un bon bout de temps dans le train après son arrivée ! s'écria la jeune fille avec son petit rire. Vous vous étiez sans doute endormi. Vous avez trouvé le temps d'aller voir Mrs. Walker.

— J'ai connu Mrs. Walker..., commença à expliquer Winterbourne.

— Je savais où vous l'avez connue. Vous l'avez connue à Genève. Elle me l'a dit. Moi, vous m'avez connue à Vevey. Ça se vaut. C'est pourquoi vous auriez dû venir.

Elle ne lui posa pas d'autre question ; elle se mit à bavarder sur ses affaires à elle.

— Nous avons des chambres splendides à l'hôtel ; Eugenio dit que ce sont les meilleures de Rome. Nous allons rester tout l'hiver — si nous ne mourons pas de la fièvre ; je suppose donc que nous y resterons. C'est bien mieux que je ne croyais ; je croyais que ce serait affreusement calme ; j'étais sûre que ce serait atrocement mesquin. J'étais sûre que nous allions passer le temps à circuler avec un de ces redoutables vieux bons-

hommes qui vous expliquent les peintures et tout ça.
Mais ça n'a duré qu'une semaine, et maintenant je
m'amuse bien. Je connais tant et tant de gens, et ils
sont tous si charmants. La société est extrêmement
choisie. On en voit de toutes sortes — des Anglais, des
Allemands, des Italiens. Je crois que je préfère les Anglais. J'aime leur genre de conversation. Mais il y a
quelques Américains adorables. Je n'ai jamais rien vu
d'aussi hospitalier. Tous les jours il y a quelque chose
de nouveau. On ne danse pas tellement ; mais j'avoue
que la danse n'a jamais été tout pour moi. J'ai toujours
aimé la conversation, je pense que j'en aurai mon
compte chez Mrs. Walker, elle a des pièces si petites.

Une fois franchi le portail des jardins du Pincio,
Miss Miller commença à se demander où pouvait bien
être M. Giovanelli.

— On ferait mieux d'aller directement à l'endroit
en face, dit-elle, où on a la vue d'ensemble.

— Ce n'est certainement pas moi qui vous aiderai
à le trouver, déclara Winterbourne.

— Alors je le trouverai sans vous, dit Miss Daisy.

— Vous n'allez pas me laisser ! s'écria Winterbourne.

Elle éclata de son petit rire :

— Vous avez peur de vous perdre — ou de vous
faire écraser ? Mais qui vois-je, appuyé contre cet
arbre ? C'est Giovanelli. Il regarde les femmes dans les
voitures ; avez-vous jamais vu pareil culot ?

Winterbourne aperçut à quelque distance un petit
homme qui se tenait debout les bras croisés, dorlotant
sa canne. Il avait un physique avenant, un chapeau

artistement planté sur la tête, un monocle et un bouquet de fleurs odorantes à la boutonnière.

Winterbourne le considéra un moment et dit :

— Vous voulez parler à cet homme ?

— Si je veux lui parler ? Vous ne pensez tout de même pas que je communique par signes ?

— Dans ce cas, sachez bien que j'ai l'intention de rester avec vous.

Daisy s'arrêta pour le regarder, sans manifester sur son visage le moindre indice d'une conscience troublée ; sans rien d'autre que la présence de ses yeux charmeurs et de ses fossettes heureuses.

« On peut dire que pour le culot, elle s'y connaît », pensa le jeune homme.

— Je n'aime pas la manière dont vous dites ça, fit Daisy. C'est trop impérieux.

— Veuillez m'excuser si je m'exprime mal. L'important est de vous donner un aperçu de ce que je pense.

La jeune fille le considéra d'un air plus grave, mais avec des yeux plus adorables que jamais.

— Je n'ai jamais autorisé aucun monsieur à me dicter ma conduite, ni à se mêler de mes affaires.

— Je crois que vous faites erreur, dit Winterbourne. Vous devriez quelquefois écouter un monsieur — le bon.

Daisy se mit à rire.

— Je ne fais rien d'autre que ça, écouter les messieurs ! Dites-moi si M. Giovanelli est le bon ?

Le gentleman au revers fleuri avait maintenant aperçu nos jeunes amis et se portait vers la jeune fille avec une obséquieuse célérité. Il s'inclina devant Winterbourne et sa compagne ; il avait un sourire éclatant, un regard intelligent. Winterbourne ne lui trouva pas un air déplaisant. Mais Winterbourne ne dit pas moins à Daisy :

— Non, ce n'est pas le bon.

Daisy avait de toute évidence un talent naturel pour les présentations ; elle fit part à chacun du nom de l'autre et se remit à déambuler, encadrée par ses deux compagnons. M. Giovanelli, qui parlait très bien l'anglais — Winterbourne apprit par la suite qu'il avait pu s'exercer au maniement de cet idiome sur bon nombre d'héritières américaines — la gratifiait d'une bonne quantité de très courtoises fadaises. Il était d'une urbanité extrême, et le jeune Américain, qui ne disait rien, méditait sur les abîmes de l'habileté italienne, qui met les gens à même de se montrer d'autant plus aimables qu'ils sont plus vivement déçus. Giovanelli avait manifestement escompté quelque chose de plus intime ; il n'avait pas engagé l'affaire pour faire bande à trois. Mais son flegme indiquait précisément l'envergure de ses intentions. Winterbourne se félicitait intérieurement d'avoir pris sa mesure. « Ce n'est pas un gentleman, se disait le jeune Américain, ce n'est qu'une bonne imitation. C'est un maître de musique, ou un folliculaire quelconque, ou encore un artiste de troisième zone. Qu'il aille au diable, lui et son physique ! » M. Giovanelli avait certainement un très beau visage. Mais Winterbourne était supérieurement indigné de voir que son adorable compatriote ne faisait pas la différence entre un faux gentleman et un vrai. Giovanelli bavardait, plaisantait, déployait des trésors d'amabilité. Il fallait reconnaître que si c'était une imitation, l'imitation était très réussie. « Néanmoins, se disait Winterbourne, une jeune fille bien devrait savoir ! » Il en revenait alors à se demander si c'était effectivement une fille bien. Une jeune fille bien — fût-elle un petit flirt américain — se permettrait-elle d'avoir un rendez-vous avec un étranger aux mœurs qu'on avait tout lieu de croire grossières ? Le rendez-vous, il est vrai, avait lieu au grand jour, et à l'endroit le plus passant de Rome ; mais ne pouvait-on considérer le choix de ces circonstances comme la preuve d'un cynisme particulièrement poussé ? Aussi étrange que cela puisse paraître, Winterbourne était ennuyé par le fait que, rejoignant son *amoroso*, la jeune fille ne se montre pas plus affectée de sa propre présence, et il était ennuyé à cause de l'inclination qu'il se sentait pour elle. Il était impossible de la considérer comme une jeune fille à la conduite irréprochable ; il lui manquait une certaine délicatesse indispensable. Les choses eussent donc été grandement simplifiées s'il avait pu la traiter comme l'objet d'un de ces sentiments que les romanciers nomment « passions sans frein ». Eût-elle été plus visiblement désireuse de se débarrasser de lui, et il aurait été à même de la juger plus sereinement ; et le fait de pouvoir la juger plus sereinement l'aurait rendue beaucoup moins troublante. Mais Daisy, en l'occasion, continuait à donner l'image d'un inextricable mélange d'effronterie et d'innocence.

Cela faisait près d'un quart d'heure qu'elle marchait, escortée de ses deux cavaliers et réagissant sur le mode

d'une gaieté que Winterbourne jugeait particulièrement enfantine aux beaux discours de M. Giovanelli,
quand une voiture qui s'était détachée du carrousel am-
biant s'avança vers leur allée. Au même instant, Winterbourne vit que son amie Mrs. Walker — la dame
qu'il venait récemment de quitter — se trouvait dans
le véhicule et lui faisait signe d'approcher. Abandon-
nant le côté de Mrs. Miller, il s'empressa de répondre
à ses appels. Mrs. Walker avait le visage empourpré et
un air surexcité.

— Pour le coup, c'en est trop ! dit-elle. Cette fille
n'a pas le droit de faire des choses pareilles. Elle n'a
pas le droit de se promener ici avec deux hommes. Cin-
quante personnes l'ont remarquée.

Winterbourne leva les sourcils.

— Je trouve bien malheureux de faire tant d'embarras pour ça.

— Il est bien malheureux de laisser cette fille se
perdre !

— Elle est très innocente, dit Winterbourne.

— Elle est très folle ! s'écria Mrs. Walker. Avez-
vous jamais rien vu d'aussi faible d'esprit que sa
mère ? Depuis que vous êtes partis de chez moi, tout à
l'heure, je n'ai pas eu un instant de tranquillité à l'idée
de tout ceci. C'était vraiment trop triste, de ne pas faire
un effort pour la sauver. J'ai commandé ma voiture,
mis mon chapeau, et suis venue aussi vite que possible.
Dieu merci, je vous ai trouvés !

— Qu'envisagez-vous de faire de nous ? demanda
Winterbourne avec un sourire.

— Lui demander de monter, la promener dans les

environs pendant une demi-heure pour que le monde puisse voir qu'elle n'est pas totalement dévergondée, puis la reconduire chez elle.

— Je ne crois pas que ce soit une idée très heureuse, dit Winterbourne. Mais vous pouvez essayer.

Mrs. Walker essaya. Le jeune homme se lança à la poursuite de Miss Miller, qui s'était contentée d'adresser un signe de tête et un sourire à l'interlocutrice de Winterbourne, et avait poursuivi son chemin avec son propre compagnon. Apprenant que Mrs. Walker désirait lui parler, Daisy revint sur ses pas avec une parfaite bonne grâce — et M. Giovanelli à son côté. Elle déclara qu'elle était ravie d'avoir l'occasion de présenter ce monsieur à Mrs. Walker. Elle procéda immédiatement aux présentations et déclara qu'elle n'avait jamais rien vu d'aussi adorable que la couverture de voyage de Mrs. Walker.

— Je suis bien aise que vous l'admiriez, dit cette dame avec un gentil sourire. Voulez-vous entrer et souffrir que je vous en couvre ?

— Oh, non, merci, dit Daisy. Je l'admirerai bien plus, sur vous dans votre voiture.

— Venez donc dans ma voiture, dit Mrs. Walker.

— Ce serait certainement charmant, mais je me trouve si bien comme je suis en ce moment !

Et Daisy décocha un regard étincelant aux deux messieurs qui se trouvaient à ses côtés.

— C'est peut-être ravissant, ma chère enfant, mais ce n'est pas l'usage ici, dit Mrs. Walker, se penchant en avant dans sa Victoria, les mains pieusement jointes.

— Eh bien, ça devrait l'être, alors ! dit Daisy. Si je ne marche pas à pied, je sens que j'en mourrai.

— Que ne marchez-vous avec votre mère, ma chère ! s'écria la dame de Genève, perdant patience.

— Avec ma mère, rien que ça ! s'exclama la jeune fille.

Winterbourne vit qu'elle avait flairé l'immixtion.

— Ma mère n'a jamais fait plus de dix pas dans sa vie. Et puis, vous savez — ajouta-t-elle en riant — j'ai passé l'âge de cinq ans.

— Vous avez l'âge d'être plus raisonnable que vous ne l'êtes. Vous avez l'âge, chère Miss Miller, de donner prise aux conversations.

Daisy regarda Mrs. Walker avec un sourire acéré.

— Conversations ? Quelles conversations ?

— Montez dans ma voiture et je vous le dirai.

Daisy promena rapidement son regard de l'un à l'autre des deux messieurs qui se trouvaient à son côté. M. Giovanelli multipliait les courbettes, se frictionnant les gants et souriant d'un air très aimable. Winterbourne trouvait la scène très déplaisante.

— Je ne crois pas avoir envie de savoir ce que vous voulez dire, dit Daisy. Je ne crois pas que ça me plairait.

Winterbourne aurait bien voulu que Mrs. Walker l'enveloppe dans sa couverture de voyage et s'en aille avec elle ; mais cette dame n'aimait pas qu'on lui fît front, comme elle le lui fit savoir par la suite.

— Préférez-vous passer pour une fille vraiment impudente ? demanda-t-elle.

— Bonté divine ! s'exclama Daisy.

Elle regarda à nouveau M. Giovanelli, puis se tourna vers Winterbourne. Elle avait légèrement rosi ; elle était terriblement jolie.

— Mr. Winterbourne pense-t-il, demanda-t-elle lentement, en souriant, la tête rejetée en arrière et toisant le jeune homme des pieds à la tête, que, pour sauver ma réputation, je doive monter dans la voiture ?

Winterbourne rougit ; durant un instant, il hésita violemment. Il paraissait si étrange de l'entendre ainsi parler de sa «réputation». Mais il devait, de son côté, parler selon les lois de l'honneur. L'honneur consistait ici à simplement lui dire la vérité ; et, pour Winterbourne, comme le lecteur peut s'en douter d'après les quelques indications que j'ai pu fournir sur son compte, la vérité était que Daisy Miller devait suivre les conseils de Mrs. Walker. Il considéra son exquise joliesse ; et il dit très doucement :

— Je pense que vous devriez monter dans la voiture.

Daisy fut secouée d'un violent accès de rire.

— Je n'ai jamais rien entendu d'aussi raide ! Si ce n'est pas convenable, Mrs. Walker, alors c'est que je ne suis absolument pas convenable du tout, et vous devez m'abandonner à mon sort. Au revoir ; j'espère que vous ferez une promenade adorable.

Et, imitée par M. Giovanelli qui fit un salut d'une triomphante obséquiosité, elle tourna les talons.

Mrs. Walker la suivit du regard, et il y avait des pleurs dans ses yeux.

— Montez donc, monsieur, dit-elle à Winterbourne, en lui indiquant la place à côté d'elle.

Le jeune homme répondit qu'il se sentait tenu d'accompagner Miss Miller ; sur quoi Mrs. Walker déclara que s'il refusait de lui faire cette faveur, elle ne lui parlerait plus jamais. Elle était manifestement sérieuse. Winterbourne rattrapa Daisy et son compagnon et, tendant la main à la jeune fille, lui dit que Mrs. Walker lui avait impérativement réclamé sa compagnie. Il s'attendait à ce qu'elle lui fasse une réponse plutôt libre, quelque chose qui l'enfoncerait encore plus dans cette « impudence » contre laquelle Mrs. Walker avait si charitablement tenté de la mettre en garde. Mais elle se contenta de lui serrer la main en le regardant à peine, tandis que M. Giovanelli prenait congé de lui en agitant un peu trop emphatiquement son chapeau.

Winterbourne n'était pas de la meilleure humeur possible quand il prit place dans la Victoria de Mrs. Walker.

— Ce n'était pas très intelligent de votre part, dit-il très sincèrement tandis que le véhicule s'insérait à nouveau dans le flot des voitures.

— En pareil cas, répondit sa compagne, je n'ai pas l'intention d'être intelligente, j'ai l'intention d'être efficace !

— Eh bien, votre efficacité n'a abouti qu'à la blesser et à la faire fuir.

— C'est très bien ainsi, dit Mrs. Walker. Si elle est aussi résolument décidée à se compromettre, autant le savoir tout de suite ; on peut agir en conséquence.

— J'ai l'impression qu'elle n'y met pas de malice, reprit Winterbourne.

— C'est ce que je pensais il y a un mois. Mais elle a passé les bornes.

— Qu'a-t-elle fait ?

— Tout ce qui ne se fait pas ici. Flirter avec le premier homme qu'elle ramasse ; s'installer dans les coins avec de mystérieux Italiens ; danser toute une soirée avec les mêmes cavaliers ; recevoir des visites à onze heures du soir. Sa mère s'en va quand les visiteurs arrivent.

— Mais son frère, dit Winterbourne en riant, reste levé jusqu'à minuit.

— Il doit être édifié par ce qu'il voit. On me dit qu'à leur hôtel tout le monde parle d'elle, et que les domestiques ne se privent pas de sourire quand un homme vient demander Miss Miller.

— Au diable les domestiques ! dit Winterbourne avec colère. Le seul péché de cette pauvre fille — ajouta-t-il ensuite — est d'être vraiment en friche.

— Elle est naturellement dépourvue de délicatesse, déclara Mrs. Walker. Prenez l'exemple de ce matin ; combien de temps l'avez-vous connue à Vevey ?

— Deux jours.

— Et la voilà, après ça, qui fait une affaire personnelle de votre abandon de poste !

Winterboume demeura quelques instants sans voix.

Puis il dit :

— Je crains, Mrs. Walker, que vous et moi n'ayons vécu trop longtemps à Genève !

Et il la pria vivement de lui faire savoir dans quelle intention particulière elle l'avait fait monter dans sa voiture.

— Je voulais vous prier de mettre un terme à vos relations avec Miss Miller — de ne pas flirter avec elle — de ne pas lui fournir de nouvelle occasion de s'exhiber — de la laisser en paix, en un mot.

— Je crains de ne pouvoir vous suivre sur ce terrain, dit Winterbourne. Je l'aime beaucoup.

— Raison de plus pour ne pas favoriser ses scandales.

— Je vous assure que je ne favoriserai aucun scandale par mes attentions.

— Comptez sur elle pour les favoriser. Mais j'ai dit ce que j'avais sur la conscience, poursuivit Mrs. Walker. Si vous désirez aller retrouver la jeune dame, je vous déposerai. Ici, d'ailleurs, vous avez une chance.

La voiture traversait cette partie du Pincio qui surplombe le mur de Rome et donne sur l'admirable Villa Borghese. L'endroit est fermé par un grand parapet auprès duquel se trouvent plusieurs sièges. Un de ces sièges, à quelque distance, était occupé par un monsieur et une dame, que Mrs. Walker désigna d'un signe de tête. Au même instant, ces personnes se levèrent et se dirigèrent vers le parapet. Winterbourne avait demandé au cocher de faire halte ; il descendit de la voiture. Sa compagne le regarda un moment en silence ; puis, tandis qu'il soulevait son chapeau, elle s'éloigna majestueusement. Winterbourne resta sur place ; il avait tourné son regard vers Daisy et son cavalier. Manifestement, ils ne voyaient personne ; ils étaient trop intensément occupés l'un de l'autre. Arrivés au muret qui clôt le jardin, ils restèrent un moment à contempler les massifs de pins parasols de la Villa Borghese ; puis

Giovanelli s'installa cavalièrement sur le large épaule-
ment du mur. Le soleil couchant à l'autre bout du ciel
darda un rayon étincelant à travers deux barres de
nuages ; voyant quoi le compagnon de Daisy lui prit
des mains son ombrelle et l'ouvrit. Elle se serra davantage contre lui tandis qu'il tenait l'ombrelle au-dessus d'elle ; puis tenant toujours l'ombrelle à la main, il
l'appuya sur l'épaule de Daisy, de sorte que leurs deux
têtes furent dérobées à la vue de Winterbourne. Le
jeune homme hésita un instant, puis se mit en marche.
Mais ce n'était pas vers le couple à l'ombrelle ; c'était
vers le lieu de résidence de sa tante, Mrs. Costello.

4

Le lendemain, il eut du moins la satisfaction de ne pas susciter de sourires chez les domestiques quand il demanda Mrs. Miller à son hôtel. Mais cette dame et sa fille n'étaient pas chez elles ; et le jour suivant, renouvelant sa visite, Winterbourne eut de nouveau l'infortune de ne pas les trouver à domicile. La réception de Mrs. Walker eut lieu dans la soirée du troisième jour, et malgré la froideur de sa dernière entrevue avec la maîtresse de maison, Winterbourne fut au nombre des invités. Mrs. Walker était une de ces Américaines qui, séjournant à l'étranger, se font, pour reprendre leur expression, un devoir d'étudier la société européenne ; et elle avait à cette occasion réuni plusieurs spécimens de mortels de diverses naissances qui devaient en quelque sorte lui servir de manuel. Quand Winterbourne arriva, Daisy n'était pas là ; mais après quelques instants, il vit arriver sa mère toute seule, très timidement et tristement. La chevelure de Mrs. Miller, relevée au-dessus de ses tempes désarmées était plus frisottée que jamais. Comme elle s'approchait de Mrs. Walker, Winterbourne en fit de même.

— Comme vous le voyez je suis venue seule, dit la pauvre Mrs. Miller. J'ai si peur, je ne sais pas quoi faire ; c'est la première fois que je viens seule à une soirée — surtout dans ce pays. Je voulais emmener Randolph ou Eugenio, quelqu'un enfin, mais Daisy m'a carrément expédiée comme ça, toute seule. Je n'ai pas l'habitude de sortir seule.

— Votre fille n'a donc pas l'intention de nous faire l'honneur de sa compagnie ? demanda solennellement Mrs. Walker.

— Oh, Daisy est tout habillée, dit Mrs. Miller sur le ton de l'observateur impartial, voire philosophe, qu'elle prenait toujours pour rapporter les menus incidents de la carrière de sa fille. Elle s'est habillée exprès avant le dîner. Mais il y a eu un de ses amis là-bas, ce monsieur — cet Italien — qu'elle voulait emmener. Ils se sont mis au piano ; on aurait dit qu'ils ne pouvaient plus partir. M. Giovanelli chante admirablement. Mais je pense que maintenant ils ne vont plus tarder — conclut Mrs. Miller sur un ton plein d'espoir.

— Je déplore vraiment qu'elle vienne, de cette façon, dit Mrs. Walker.

— Je lui ai bien dit que ce n'était pas la peine de s'habiller avant le dîner si elle comptait attendre trois heures, répondit la maman de Daisy. Je ne voyais vraiment pas la nécessité de s'habiller comme ça pour rester là avec M. Giovanelli.

— C'est le comble ! dit Mrs. Walker en se tournant vers Winterbourne. *Elle s'affiche.* C'est sa manière de

80

se venger des observations que je me suis risquée à lui faire. Quand elle sera là, je ne lui adresserai pas la parole.

Daisy arriva après onze heures, mais ce n'était pas, en la circonstance, une jeune dame à attendre qu'on lui adresse la parole. Elle fit son entrée toute froufroutante, radieusement adorable, souriant et babillant, porteuse d'un énorme bouquet de fleurs et escortée de M. Giovanelli. Toutes les conversations s'arrêtèrent et toutes les têtes se tournèrent vers elle. Elle alla droit à Mrs. Walker.

— J'avais peur que vous ne pensiez que je ne viendrais pas, c'est pourquoi j'ai envoyé ma mère vous prévenir. Je voulais faire répéter deux ou trois choses à M. Giovanelli avant de venir ; vous savez, il chante merveilleusement, et je veux que vous lui demandiez de chanter. Voici M. Giovanelli ; vous savez, je vous l'ai présenté ; il a une voix on ne peut plus adorable, et un répertoire de chansons on ne peut plus charmant. Je les lui ai fait repasser ce soir, exprès ; on s'est vraiment bien amusés à l'hôtel.

Tout ceci fut débité du ton le plus suavement distinct par Daisy qui promenait tour à tour son regard sur la maîtresse de maison et sur la pièce environnante, en tapotant les bords de sa robe autour de ses épaules.

— Y a-t-il quelqu'un que je connaisse ? demanda-t-elle.

— Je crois que tout le monde vous connaît ici ! dit Mrs. Walker sur un ton qui interdisait toute méprise.

Et elle fit à M. Giovanelli un accueil très succinct.

Ce monsieur se comporta bravement. Il fit des sourires et des flexions du tronc, exhiba ses dents blanches, frisa sa moustache et roula des yeux, fit tout ce que se doit de faire un bel Italien invité à une soirée. Il chanta, de fort jolie façon, un demi-douzaine de chansons, bien que Mrs. Walker eût déclaré après coup qu'elle était totalement incapable de déterminer qui le lui avait demandé. Apparemment, ce n'était pas Daisy qui lui avait passé commande : elle s'était installée à l'écart du piano, à quelque distance, et, bien qu'ayant publiquement professé son admiration pour la voix de M. Giovanelli, ne se priva pas de parler, à voix non inintelligible, pendant que celui-ci enchaînait les chansons.

— Quel dommage que ces pièces soient si petites ; il n'y a pas moyen de danser, dit-elle à Winterbourne, comme si elle venait de le quitter cinq minutes auparavant.

— Je n'en suis pas spécialement attristé, répondit Winterbourne. Je ne danse pas.

— Évidemment, vous ne dansez pas ; vous êtes trop raide, dit Miss Daisy. J'espère que vous avez bien aimé votre balade en voiture avec Mrs. Walker.

— Non, pas exactement ; j'aurais préféré me promener avec vous.

— Nous sommes partis deux par deux, c'était beaucoup mieux, dit Daisy. Mais avez-vous jamais vu culot pareil à celui de Mrs. Walker voulant que je monte dans sa voiture en laissant choir ce pauvre M. Giovanelli ? Sous prétexte de convenances ! Les gens ont de ces idées ! Ç'aurait été vraiment méchant ; ça faisait dix jours qu'il parlait de cette promenade.

— Il n'aurait jamais dû en parler du tout, dit Winterbourne. Il n'aurait jamais proposé à une jeune fille de ce pays de se promener avec lui dans la rue.

— Dans la rue ? s'écria Daisy, avec son charmant regard étonné. Où donc aurait-il pu lui proposer de se promener ? Le Pincio, ce n'est pas la rue, de toute façon ; et, grâce à Dieu, je ne suis pas une jeune fille de ce pays, ici les jeunes filles ne sont pas à la noce, d'après ce que j'ai pu voir. Je ne vois pas pourquoi je changerais mes habitudes pour elles.

— Je regrette d'avoir à vous le dire, mais vos habitudes sont celles d'un flirt dit sentencieusement Winterbourne.

— Évidemment, elles le sont ! dit-elle en le gratifiant à nouveau de son petit regard moqueur. Je suis un redoutable, un affreux flirt ! Avez-vous jamais vu une jolie fille qui ne le soit pas ? Mais vous allez sans doute me dire que je ne suis pas une jolie fille.

— Vous êtes une très jolie fille, mais je voudrais que vous flirtiez avec moi, et avec moi seulement, dit Winterbourne.

— Ah, merci ! Merci beaucoup ! vous êtes bien le dernier homme avec qui il me viendrait à l'idée de flirter. Comme j'ai eu le plaisir de vous le faire savoir, vous êtes trop raide.

— Vous vous répétez, dit Winterbourne.

Daisy émit un rire ravi.

— Si je pouvais caresser le doux espoir de vous mettre en colère, je me répéterais encore.

— Ne faites pas ça ; quand je suis en colère, je suis plus raide que jamais. Mais si vous refusez de flirter avec moi, cessez au moins de flirter avec votre ami du piano ; on ne comprend pas ce genre de chose, ici.

— Je croyais que c'était tout ce qu'on comprenait ! s'exclama Daisy.

— Pas pour les jeunes filles.

— Ça me paraît nettement plus indiqué pour les jeunes filles que pour les vieilles dames, déclara Daisy.

— Enfin, dit Winterbourne, quand vous vous trouvez en contact avec les originaires d'un pays, vous devez vous conformer à la coutume de l'endroit. Le flirt est une coutume typiquement américaine ; elle n'existe pas ici. Alors quand vous vous montrez en public avec M. Giovanelli, et sans votre mère...

— Miséricorde ! Pauvre maman ! plaça Daisy.

— Vous flirtez peut-être, mais pas M. Giovanelli ; il a autre chose en tête.

— En tout cas, il ne me fait pas de morale, dit vivement Daisy. Et si vous tenez tellement à le savoir, on ne flirte pas plus l'un que l'autre ; nous sommes de trop bons amis pour ça ; nous sommes des amis très intimes.

— Ah, répliqua Winterbourne, si vous êtes amoureux l'un de l'autre, c'est une autre histoire.

Jusqu'ici, elle l'avait autorisé à lui parler si franchement qu'il ne s'attendait aucunement à la choquer par ce cri du cœur ; mais elle se leva d'un coup, rougissant manifestement et le laissant s'exclamer mentalement que les petits flirts américains étaient les créatures les plus bizarres du monde.

Daisy ignora du regard Winterbourne :

— M. Giovanelli, lui, au moins, ne me dit jamais de choses aussi désagréables.

Winterbourne était dérouté ; il restait là, le regard dans le vague. M. Giovanelli avait fini de chanter ; il quitta le piano et alla rejoindre Daisy.

— Viendrez-vous prendre un peu de thé dans la pièce à côté ? demanda-t-il en s'inclinant devant elle avec son sourire décoratif.

Daisy se tourna vers Winterbourne, à nouveau souriante. Celui-ci n'en fut que plus perplexe, car ce sourire illogique n'éclairait rien, bien que semblant témoigner, à la réflexion, d'une douceur et d'une tendresse d'âme qui la portait instinctivement au pardon des offenses.

— M. Winterbourne n'a jamais eu l'idée de m'offrir du thé, fit-elle de sa petite manière suppliciante.

— Je vous ai offert des conseils, répliqua Winterbourne.

— Je préfère le thé léger ! s'écria Daisy, et elle partit avec le brillant Giovanelli.

Elle s'installa avec lui dans la pièce contiguë, dans l'embrasure de la fenêtre, et y resta le reste de la soirée. Ce qui se jouait au piano était digne d'attention, mais aucun des deux jeunes gens n'y prit garde. Quand Daisy vint prendre congé de Mrs. Walker, cette dame répara consciencieusement la faiblesse dont elle s'était rendue coupable lors de l'arrivée de la jeune fille. Elle tourna carrément le dos à Miss Miller, et la laissa partir, la laissant déployer toutes les grâces qu'il lui plairait. Winterbourne se trouvait à côté de la porte ; il ne perdit rien du spectacle. Daisy devint très pâle et se tourna vers sa mère, mais Mrs. Miller était humblement non au fait de la moindre violation des formes sociales coutumières. Elle semblait, au contraire, avoir ressenti un désir incongru d'attirer l'attention sur la stricte application qu'elle en faisait.

— Bonne nuit, Mrs. Walker, disait-elle, nous avons passé une merveilleuse soirée. Vous voyez que si je laisse Daisy se rendre sans moi dans les soirées, je ne veux pas qu'elle s'en aille sans moi.

Daisy se retourna, présentant aux personnes qui se trouvaient auprès de la porte un visage pâle et grave ; Winterbourne vit que, dans le premier moment, Daisy était trop blessée et déconcertée pour penser à s'indigner. De son côté, il était profondément atteint.

— C'était très cruel, dit-il à Mrs. Walker.

— Elle ne remettra plus les pieds dans mon salon, lui répondit son hôtesse.

Puisqu'il ne devait plus la rencontrer dans le salon de Mrs. Walker, Winterbourne se rendit aussi fréquemment que possible à l'hôtel de Mrs. Miller. Ces dames étaient rarement chez elles, mais quand il parvenait à les joindre, le dévoué M. Giovanelli était toujours là. Le distingué petit Romain se trouvait très souvent dans le salon avec Daisy, seule, Mrs. Miller professant apparemment l'opinion que la discrétion est la meilleure forme de surveillance. Winterbourne remarqua, avec surprise au début, que dans ces occasions Daisy n'était jamais embarrassée ni gênée par son entrée ; mais il s'aperçut bien vite qu'elle n'avait plus de surprise à lui réserver ; l'inattendu était la seule chose à quoi on pouvait s'attendre de sa part. Elle ne mon-

trait aucun déplaisir de voir interrompu son *tête-à-tête*
avec Giovanelli ; elle pouvait bavarder aussi spontané-
ment et librement avec deux messieurs qu'avec un
seul ; il y avait toujours dans sa conversation le même
bizarre mélange de hardiesse et de puérilité. Winterbourne observa en son for intérieur que si elle s'intéressait sérieusement à Giovanelli, il était vraiment sin-
gulier qu'elle ne se montre pas plus désireuse de
préserver l'intimité de leurs entretiens, et il ne l'en
aima que davantage pour son indifférence spontanée et
son apparemment inépuisable bonne humeur. Il lui aurait été difficile de dire pourquoi, mais elle lui faisait
l'effet d'une fille qui jamais ne serait jalouse. Au
risque de faire naître chez le lecteur un sourire quelque
peu ironique, je puis affirmer que Winterbourne s'était
jusque-là intéressé à des femmes dont, à ce qu'il pensait, il pourrait un jour ou l'autre avoir peur. Il avait
l'agréable sentiment que jamais il n'aurait peur de
Daisy Miller. Il faut ajouter que ce sentiment n'avait
absolument rien dont Daisy puisse se flatter : il était dû
à sa conviction, ou plutôt sa crainte, qu'elle ne soit en
fin de compte qu'une jeune personne des plus légères.

Mais elle portait manifestement beaucoup d'intérêt
à Giovanelli. Elle le regardait dès qu'il ouvrait la
bouche ; elle était perpétuellement en train de lui dire
de faire ceci ou cela ; elle était constamment à le « chi-
ner » et à le houspiller. Elle paraissait avoir complètement oublié que Winterbourne ait pu dire quoi que ce
soit pour lui déplaire lors de la petite soirée de
Mrs. Walker. Un dimanche après-midi, alors qu'il était
allé à Saint-Pierre avec sa tante, Winterbourne aperçut

Daisy qui flânait à proximité de la grande église, en compagnie de l'inévitable M. Giovanelli. Il montra la jeune fille et son cavalier à Mrs. Costello. Cette dame les considéra un instant à travers son face-à-main, puis dit :

— Voilà donc ce qui te rendait si rêveur ces derniers temps, hein ?

— Je ne me doutais absolument pas que j'étais rêveur, dit le jeune homme.

— Tu es très préoccupé, tu as quelque chose en tête.

— Et quelle est la chose, demanda-t-il, que vous m'accusez d'avoir en tête ?

— Cette jeune dame. Miss Baker, Miss Chandler, comment s'appelle-t-elle déjà ? — Miss Miller, et son intrigue avec cette espèce de garçon coiffeur.

— Vous appelez intrigue, demanda Winterbourne, une liaison qui s'étale de manière aussi publique ?

— C'est leur folie, dit Mrs. Costello, ce n'est pas leur mérite.

— Non, répliqua Winterbourne avec dans la voix quelque chose de cette rêvosité à laquelle sa tante avait fait allusion. Je ne crois pas qu'il y ait là rien qui justifie le nom d'intrigue.

— J'ai entendu une douzaine de personnes en parler ; elles disent qu'il lui a complètement tourné la tête.

— Elles doivent très certainement savoir de quoi elles parlent, dit Winterbourne.

Mrs. Costello examina à nouveau le jeune couple dans son instrument d'optique.

— Il est très bien de sa personne. On voit très bien ce qu'il en est. Elle trouve que c'est l'homme le plus raffiné du monde, la crème des gentlemen. Elle n'a jamais rien vu de pareil ; il est même mieux que le courrier. C'est probablement le courrier qui l'a introduit dans la place, et s'il arrive à épouser la jeune dame, le courrier aura droit à une commission princière.

— Je ne crois pas qu'elle envisage de l'épouser, dit Winterbourne, et je ne crois pas qu'il espère l'épouser.

— Ce dont tu peux être sûr, c'est qu'elle n'envisage rien. Elle va de jour en jour, d'heure en heure, comme on faisait à l'Âge d'Or. Je ne vois rien de plus vulgaire à me représenter. Et en même temps, ajouta Mrs. Costello, attends-toi qu'elle t'annonce d'un moment à l'autre qu'elle est « fiancée ».

— Je crois que Giovanelli n'en espère pas tant, dit Winterbourne.

— Qui est Giovanelli ?

— Le petit Italien. J'ai posé quelques questions à son sujet et appris quelque chose. C'est apparemment un petit homme parfaitement respectable. Je crois que c'est un *cavaliere avvocato* au petit pied. Mais il n'évolue pas dans ce qu'il est convenu d'appeler le gratin. Je crois qu'il n'y a vraiment rien d'impossible à ce que le courrier l'ait introduit dans la place. Il est manifestement immensément charmé par Miss Miller. Si elle voit en lui la crème des gentlemen, il ne s'est jamais, quant à lui, trouvé en étroit contact avec tant d'éclat, de richesse, de prospérité. De plus, elle doit lui sembler merveilleusement jolie et intelligente. Il me paraît peu probable qu'il rêve de l'épouser. Il ne se voit certainement pas avec pareille aubaine sur les bras. Tout ce qu'il a à offrir, c'est sa belle mine, et il y a, au mystérieux pays des dollars, un certain Mr. Miller qui sait ce que l'argent veut dire. Giovanelli sait qu'il n'a aucun titre à offrir. Si seulement il était comte ou *marchese*! Il doit s'étonner de la chance qu'il a eue d'être reçu comme il l'a été.

— Il le met au compte de sa belle mine, et voit en Miss Miller une jeune dame *qui se passe ses fantaisies*! dit Mrs. Costello.

— Il est bien vrai, poursuivit Winterbourne, que Daisy et sa maman n'en sont pas encore arrivées à ce stade de — comment dire — de culture où commence l'idée de mettre la main sur un comte ou un *marchese*. Je les crois intellectuellement incapables de cette conception.

— Ah! mais le *cavaliere* peut les en croire capables, dit Mrs. Costello.

Pour ce qui est des remous que suscitait l'« intrigue » de Daisy, Winterbourne fut édifié par cette journée à Saint-Pierre. Une douzaine de membres de la colonie américaine à Rome vinrent s'adresser à Mrs. Costello qui s'était installée sur un petit pliant de voyage à la base d'un des grands pilastres. L'office des vêpres se déroulait à grand renfort de chants majestueux et accents d'orgue dans le chœur adjacent et, durant ce temps, entre Mrs. Costello et ses amies beaucoup de choses furent dites sur le compte de cette pauvre Miss Miller qui allait vraiment « trop loin ». Winterbourne n'aima pas du tout ce qu'il entendit; mais quand, foulant les grandes marches de l'église, il vit Daisy, qui était sortie avant lui, monter dans une voiture découverte et s'éloigner à grands tours de roues dans les cyniques rues de Rome, il ne put se cacher à lui-même qu'elle allait vraiment très loin. Il la prit vraiment en pitié — non qu'il crût qu'elle avait perdu la tête, mais il lui était pénible de voir tant de beauté, de grâce et d'innocence voué aux catégories du dérèglement.

Il rencontra un jour sur le Corso un ami, touriste comme lui-même, au sortir des admirables galeries du Palais Doria qu'il venait de parcourir. Cet ami l'entretint un instant du superbe portrait d'Innocent X par Velasquez, qui se trouve exposé dans l'un des cabinets du Palais, puis dit :

— C'est d'ailleurs là que j'ai eu le plaisir d'admirer un tableau d'une autre sorte — cette charmante Américaine que tu m'as montrée la semaine dernière.

En réponse aux questions dont le pressait Winterbourne, cet ami raconta que la jolie Américaine — plus jolie que jamais — se trouvait installée avec un compagnon dans le recoin retiré où le grand portrait papal se trouve enchâssé.

— Qui était ce compagnon ? demanda Winterbourne.

— Un petit Italien avec un bouquet à la boutonnière. La fille est adorablement jolie, mais j'avais cru comprendre, d'après ce que tu me disais l'autre jour, que c'était une jeune dame *du meilleur monde*.

— Elle l'est, dit Winterbourne.

Et ayant ainsi acquis l'assurance que Daisy et son compagnon avaient été aperçus ensemble il y a moins de cinq minutes de cela, il sauta dans un fiacre et se rendit chez Mrs. Miller. Elle était chez elle ; mais elle s'excusa de le recevoir en l'absence de Daisy.

— Elle est partie quelque part avec M. Giovanelli, dit Mrs. Miller. Elle circule toujours avec M. Giovanelli.

— J'ai remarqué qu'ils étaient très intimes, observa Winterbourne.

— Oh ! on dirait qu'ils ne peuvent pas se passer l'un de l'autre ! dit Mrs. Miller. Mais c'est un vrai gentleman, après tout. Je n'arrête pas de dire à Daisy qu'elle est fiancée !

— Et que dit Daisy ?

— Oh, elle dit qu'elle n'est pas fiancée. Mais elle pourrait aussi bien l'être ! reprit cette impartiale génitrice. Elle agit comme si elle l'était. Mais j'ai fait promettre à M. Giovanelli de me le dire, si elle ne veut pas me le dire. Je devrais alors écrire à Mr. Miller à ce sujet — vous ne croyez pas ?

Winterbourne répondit qu'il était tout à fait de cet avis ; mais la maman de Daisy lui parut témoigner d'un état d'esprit si inouï dans les annales de la vigilance maternelle que toute tentative pour lui donner l'éveil lui parut totalement hors de propos, et qu'il y renonça.

Après quoi, Daisy ne fut jamais chez elle, et Winterbourne ne la rencontra plus chez leurs connaissances communes car, il s'en rendit bien compte, ces personnes perspicaces avaient fini par décréter qu'elle allait trop loin. Elles cessèrent de l'inviter, et donnèrent à entendre qu'elles désiraient manifester aux observateurs européens la grande vérité suivante : bien que Miss Daisy Miller fût une jeune Américaine, sa conduite n'était pas représentative : elle était considérée par ses compatriotes comme anormale. Winterbourne se demandait ce qu'elle ressentait en voyant tout le monde lui tourner le dos, et cela le chiffonnait parfois de soupçonner qu'elle ne ressentait absolument rien. Il se disait qu'elle était trop légère et enfantine, trop en friche et irréfléchie, trop provinciale pour s'interroger sur l'ostracisme qui la frappait ou même pour le sentir. Puis, à d'autres moments, il était convaincu qu'elle véhiculait dans son petit organisme élégant et irresponsable une conscience provocante, passionnée, parfaitement lucide de l'effet qu'elle produisait. Il se demandait si l'attitude provocante de Daisy venait de la conscience de l'innocence, ou d'un mépris fondamental pour le qu'en dira-t-on. Il faut reconnaître que, pour Winterbourne lui-même, le fait de s'accrocher au mythe de l'«innocence» de Daisy relevait de plus en plus de l'argutie galante. Comme j'ai déjà eu l'occasion de le rapporter, il était irrité de se voir réduit à faire des entorses à la logique quand cette jeune personne était en jeu ; il s'en voulait de ne pouvoir déterminer instinctivement à coup sûr si les excentricités de Daisy étaient génériques, nationales, ou si elles lui étaient personnelles. Dans les deux cas, il était en quelque sorte passé à côté d'elle, et il était maintenant trop tard. M. Giovanelli lui avait «tourné la tête».

Quelques jours après la brève entrevue qu'il avait eue avec sa mère, il rencontra Daisy dans ce splendide lieu de désolation fleurie connu sous le nom de Palais des Césars. Le jeune printemps romain avait empli l'atmosphère d'efflorescences parfumées, et la surface raboteuse du Palatin était emmitouflée de tendre verdure. Daisy flânait au sommet d'un de ces grands monceaux de ruines talutés de marbre moussu et pavés d'inscriptions monumentales. Jamais Rome ne lui avait paru aussi charmante qu'à cet instant précis. Il s'était attardé sur le spectacle de la ravissante harmonie de lignes et de couleurs qui, dans le lointain, enveloppe la ville, humant les odeurs doucement humides et éprouvant la jeunesse de l'année et l'antiquité du lieu, qui se renouvelaient l'une l'autre en une mystérieuse osmose. Il lui parut aussi que Daisy n'avait jamais été aussi jolie ; mais c'était la remarque qu'il se faisait à chaque fois qu'il la rencontrait. Giovanelli était à son côté, et Giovanelli était, lui aussi, entouré d'une aura insolite.

— Tiens, dit Daisy, j'aurais juré que vous seriez là en solitaire.

— En solitaire ? demanda Winterbourne.

— Vous circulez toujours en solitaire. Vous ne pouvez pas trouver quelqu'un pour vous promener avec ?

— Je ne suis pas aussi heureux, dit Winterbourne, que votre compagnon.

Giovanelli avait dès le début traité Winterbourne avec une politesse raffinée. Il écoutait ses remarques d'un air déférent ; il riait, scrupuleusement, à toutes ses plaisanteries ; il paraissait prêt à attester que, pour lui, Winterbourne était un jeune homme au-dessus du commun. Il ne se comportait aucunement en amoureux jaloux ; il était manifestement rempli de tact ; il ne voyait aucun inconvénient à ce qu'on s'attende à un peu d'humilité de sa part. Winterbourne avait même parfois l'impression que Giovanelli trouverait un certain apaisement spirituel à avoir un entretien privé avec lui — pour lui dire, en homme qui comprend les choses, que, Dieu merci, il savait parfaitement à quel point cette jeune dame était extraordinaire, et qu'il ne se berçait pas d'illusoires — ou du moins de *trop* illusoires — espoirs de mariage et de dollars. En la circonstance, il s'écarta de quelques pas de sa compagne pour cueillir un rameau d'amandier qu'il se mit en devoir de disposer à sa boutonnière.

— Je sais pourquoi vous dites ça, dit Daisy en observant Giovanelli. Parce que vous pensez que je circule trop avec *lui* !

Et elle pointa le menton vers son chevalier servant.

— C'est ce qu'on pense partout — si vous tenez à le savoir, dit Winterbourne.

— Bien sûr que je tiens à le savoir ! s'exclama Daisy, sur un ton très sérieux. Mais je n'en crois rien. Les gens font seulement semblant d'être choqués. Ça leur fait ni chaud ni froid, ce que je fais. D'ailleurs, je ne circule pas tellement.

— Je pense que vous vous apercevrez qu'ils s'en soucient. Ils vous le montreront — désagréablement.

Daisy le considéra quelques instants.

— Comment — désagréablement ?

— N'avez-vous rien remarqué ? demanda Winterbourne.

— Je vous ai remarqué, vous. Mais j'ai remarqué que vous étiez raide comme un parapluie la première fois que je vous ai rencontré.

— Vous vous apercevrez que je ne suis pas aussi

raide que certains autres, dit Winterbourne avec un sourire.

— Comment m'en apercevrai-je ?

— En allant voir les autres.

— Qu'est-ce qu'ils me feront ?

— Ils vous feront la tête. Savez-vous ce que cela veut dire ?

Daisy le regardait fixement ; son teint commençait à se colorer.

— Vous voulez dire comme Mrs. Walker l'autre soir ?

— Exactement ! dit Winterbourne.

Elle coula un regard en direction de Giovanelli, qui était occupé à se parer de sa fleur d'amandier. Puis, revenant à Winterbourne :

— Je n'aurais jamais cru que vous laisseriez les gens être aussi désagréables ! dit-elle.

— Que pouvais-je faire ? demanda-t-il.

— Vous auriez pu dire quelque chose.

— Je *dis* quelque chose — il marqua un temps d'arrêt — je dis que votre mère m'annonce qu'elle vous croit fiancée.

— C'est son droit de le croire, dit très simplement Daisy.

Winterbourne se mit à rire.

— Et est-ce aussi ce que croit Randolph ? demanda-t-il.

— Pour moi, Randolph ne croit rien du tout, dit Daisy.

Le scepticisme de Randolph eut pour effet d'accroître l'hilarité de Winterbourne, et il nota que Giovanelli revenait vers eux. Daisy, qui s'en était elle aussi aperçue, s'adressa à son compatriote :

— Puisque vous en parlez, dit-elle, oui, je suis fiancée...

Winterbourne la regarda ; il ne riait plus.

— Vous ne me croyez pas ! ajouta-t-elle.

Il demeura un instant silencieux ; puis :

— Oui, je vous crois ! dit-il.

— Oh, non, certainement pas, dit-elle. Eh bien, alors je ne suis pas fiancée !

La jeune fille et son cicérone regagnaient le portail qui fermait l'enceinte ; Winterbourne, qui venait d'y pénétrer, prit donc congé d'eux. Une semaine plus tard, il se rendit à un dîner dans une très belle villa du Monte Celio et, une fois arrivé, renvoya la voiture qu'il avait louée. La soirée fut charmante, et il se promit la satisfaction de rentrer chez lui à pied, en passant sous l'arc de Constantin et en longeant les monuments vaguement éclairés du Forum. Il y avait dans le ciel une lune décroissante qui ne jetait qu'un faible éclat mais elle se trouvait enveloppée dans un mince voile de nuage qui semblait diffuser et égaliser cet éclat. Quand, revenant de la villa (il était onze heures du soir) Winterbourne parvint aux abords du cercle noirâtre du Colisée, l'amateur de pittoresque qu'il y avait en lui se dit que l'intérieur, sous le pâle clair de lune, mériterait certainement un coup d'œil. Il bifurqua et s'approcha d'une des arches vides près de laquelle, à ce qu'il vit, une voiture découverte — une de ces petites voitures de place qui circulent à Rome — se trouvait arrêtée. Il poursuivit son chemin à travers les ombres caverneuses du monumental édifice et émergea dans l'arène claire et silencieuse. L'endroit ne lui était jamais apparu aussi impressionnant. Une moitié du gigantesque cirque était plongée dans une ombre profonde ; l'autre était endormie dans la lumineuse pénombre. Tandis qu'il demeurait là, il se mit à murmurer les célèbres vers du *Manfred* de Byron ; mais avant d'avoir terminé sa citation, il se souvint que si les méditations nocturnes au Colisée sont recommandées par les poètes, elles sont déconseillées par les médecins. L'atmosphère historique était là, indubitablement ; mais l'atmosphère historique, considérée d'un point de vue scientifique, n'était guère qu'un miasme perfide. Winterbourne se dirigea vers le milieu de l'arène afin d'avoir une vue plus générale, bien décidé à battre ensuite précipitamment en retraite. La grande croix qui s'élève au centre était plongée dans l'ombre ; ce n'est qu'en parvenant à proximité qu'il la distingua nettement. Il vit alors que deux personnes se trouvaient sur les marches basses qui en forment la base. L'une d'elles était une femme, assise ; son compagnon se trouvait debout devant elle.

Le son de la voix de la femme lui parvint alors distinctement dans l'air tiède de la nuit.

— Mais enfin ! il nous regarde comme les vieux tigres ou lions devaient regarder les martyrs chrétiens !

Tels furent les mots qu'il entendit, proférés par l'accent familier de Miss Daisy Miller.

— Espérons qu'il n'est pas très affamé, rétorqua finement Giovanelli. Il devra commencer par moi ; vous ferez le dessert !

Winterbourne s'arrêta, avec une sorte d'horreur ; et,

ajoutons-le, avec une sorte de soulagement. C'était comme si une soudaine lumière avait été jetée sur l'ambiguïté du comportement de Daisy, comme si l'énigme était maintenant aisément décryptable. C'était une jeune dame qu'un monsieur n'avait plus besoin de s'appliquer à respecter. Il demeura là à les regarder — à regarder Daisy et son compagnon, sans réfléchir que s'il les distinguait confusément, il devait quant à lui être plus nettement visible. Il s'en voulait de s'être tant tourmenté sur la bonne manière de considérer Miss Daisy Miller. Puis, alors qu'il s'apprêtait à reprendre sa marche, il se retint ; non par crainte de lui faire injustice, mais retenu par le sentiment du danger qu'il y avait à apparaître par trop réjoui devant une révélation qui le forçait à sortir d'une prudente réserve critique. Il fit demi-tour en direction de l'entrée du lieu ; mais ce faisant, il entendit à nouveau la voix de Daisy.

— Tiens ! mais c'était Mr. Winterbourne ! Il m'a vue — et il fait semblant de ne pas me voir.

Quelle astucieuse petite garce, et comme elle était douée pour jouer l'innocence outragée ! Mais il n'allait pas la laisser ainsi. Winterbourne reprit sa marche en avant et se dirigea vers la grande croix. Daisy s'était levée ; Giovanelli souleva son chapeau. Maintenant, Winterbourne ne pensait plus qu'à la folie, au sens médical du terme, d'une jeune fille fragile qui s'attardait le soir dans ce nid de malaria. Qu'importait qu'elle fût une astucieuse petite garce ? Ce n'était pas une raison pour la laisser mourir de la fièvre pernicieuse.

— Depuis combien de temps êtes-vous ici ? demanda-t-il, presque brutalement.

Daisy, adorable dans le clair de lune qui faisait ressortir sa beauté le considéra un instant. Puis :

— Depuis le début de la soirée, répondit-elle gentiment... Je n'ai jamais rien vu d'aussi joli.

— Je crains, dit Winterbourne, que vous ne trouviez pas la fièvre romaine très jolie. C'est ainsi qu'on l'attrape. Je m'étonne — ajouta-t-il en se tournant vers Giovanelli — que vous, qui êtes natif de Rome, puissiez encourager une telle imprudence.

— Ah, dit le beau natif, je ne crains rien pour moi.

— Ni moi pour vous ! Je parle pour cette jeune dame.

Giovanelli haussa ses sourcils décoratifs et découvrit ses dents éclatantes. Mais il accepta docilement la rebuffade de Winterbourne.

— J'ai dit à la signorina que c'était une grande imprudence ; mais la signorina a-t-elle jamais été prudente ?

— Je n'ai jamais été malade, et je n'ai pas l'intention de l'être ! déclara la signorina. Je n'en ai pas tellement l'air, mais je suis en pleine santé ! Il fallait que je voie le Colisée au clair de lune ; je ne serais pour rien au monde rentrée chez moi sans ça ; et ça a vraiment été un moment merveilleux, n'est-ce pas, M. Giovanelli ? S'il y a le moindre danger, Eugenio peut toujours me donner quelques pilules. Il a un certain nombre de merveilleuses pilules.

— Je vous conseillerais, dit Winterbourne, de retourner chez vous aussi vite que possible et d'en prendre une.

— Ce que vous dites est très judicieux, répliqua Giovanelli. Je vais m'assurer que la voiture est disponible.

Et il partit d'un pas rapide.

Daisy suivit avec Winterbourne. Il ne cessait de la regarder ; elle n'avait pas l'air le moins du monde embarrassée. Winterbourne ne disait rien ; Daisy babillait sur la beauté du lieu.

— Eh bien ! j'ai tout de même vu le Colisée au clair de lune, s'exclama-t-elle. C'est une belle chose.

Puis, remarquant le silence de Winterbourne, elle lui demanda pourquoi il ne disait rien. Il ne lui fit pas de réponse ; il se contenta de se mettre à rire. Ils passèrent sous une des arches sombres ; Giovanelli était là, avec la voiture. Daisy s'arrêta un instant, considérant le jeune Américain.

— Avez-vous vraiment cru que j'étais fiancée, l'autre jour ? demanda-t-elle.

— Peu importe ce que j'ai cru l'autre jour, dit Winterbourne, riant toujours.

— Et maintenant, que croyez-vous ?

— Je crois que cela a vraiment très peu d'importance, que vous soyez fiancée ou non !

Il sentit les beaux yeux de la jeune fille braqués sur lui à travers les épaisses ténèbres de l'arche ; elle se préparait apparemment à répliquer. Mais Giovanelli la pressa de partir.

— Vite, vite, dit-il. Si nous sommes rentrés à minuit, il n'y a pas de danger.

Daisy prit place dans la voiture, et l'heureux Italien s'installa à son côté.

— N'oubliez pas les pilules d'Eugenio! dit Winterbourne en soulevant son chapeau.

— Ça m'est égal, dit Daisy d'une petite voix étrange, si j'ai la fièvre, romaine ou pas!

Là-dessus le cocher fit claquer son fouet et le bruit des roues se perdit sur le tissu décousu du pavé antique.

Winterbourne — rendons-lui cette justice — ne rapporta à personne qu'il avait rencontré Miss Miller, à minuit, au Colisée, en compagnie d'un monsieur; néanmoins, en l'espace de deux jours, le fait qu'elle s'était trouvée là dans ces circonstances fut connu de chacun des membres de la petite colonie américaine et commenté en conséquence. Winterbourne se dit qu'on l'avait certainement appris à l'hôtel, et que, après le retour de Daisy, il y avait eu un échange de plaisanteries entre le portier et le cocher. Mais le jeune homme se rendait en même temps compte qu'il avait cessé de regretter sérieusement que le petit flirt américain soit un « sujet de conversation » pour des domestiques à l'esprit vulgaire. Un ou deux jours plus tard, ces gens eurent des renseignements sérieux à fournir : le petit flirt américain se trouvait dans un état alarmant. Dès que la rumeur lui parvint, Winterbourne se rendit immédiatement à l'hôtel pour plus ample information. Il trouva deux ou trois amis charitables qui l'y avaient précédé, et vit qu'ils étaient en conversation avec Randolph dans le salon de Mrs. Miller.

— C'est de circuler la nuit, disait Randolph, qui l'a rendue malade. Elle circule tout le temps la nuit. Je ne comprends pas pourquoi elle fait ça — c'est tellement sombre. On n'y voit rien là-dedans la nuit, sauf quand il y a la lune. En Amérique, il y a toujours la lune.

Mrs. Miller était invisible ; elle était, pour le moment du moins, en train de faire partager à sa fille le bénéfice de sa compagnie. Il était manifeste que Daisy était gravement malade.

Winterbourne revint souvent demander de ses nouvelles, et un jour il vit Mrs. Miller qui, bien que profondément troublée, était — ce qui le surprit plutôt — parfaitement maîtresse d'elle-même et, à ce qu'il semblait, une infirmière extrêmement efficace et avisée. Elle parla beaucoup du Dr. Davis, mais Winterbourne lui rendit mentalement hommage en se disant qu'elle n'était pas, à tout prendre, aussi bête qu'elle en avait l'air.

— Daisy a parlé de vous l'autre jour, lui dit-elle. La moitié du temps, elle ne sait pas ce qu'elle dit, mais je crois que cette fois elle était consciente. Elle m'a chargée d'un message ; elle m'a dit de vous le dire. Elle m'a dit de vous dire qu'elle n'a jamais été fiancée au bel Italien. J'en suis bien aise ; M. Giovanelli n'est pas passé nous voir depuis qu'elle est tombée malade. Je croyais que c'était un vrai gentleman ! mais je ne trouve pas ça très poli ! Une dame m'a dit qu'il avait peur que je sois fâchée contre lui parce qu'il avait emmené Daisy se promener la nuit. Eh bien, je le suis ; mais je suppose qu'il sait que je suis une dame. Je m'en voudrais de lui faire des reproches. De toute façon, elle dit qu'elle n'est pas fiancée. Je ne sais pas pourquoi elle a voulu que vous soyez au courant ; mais elle me l'a répété trois fois — «N'oublie pas de le dire à Mr. Winterbourne.» Et puis elle m'a dit de vous demander si vous vous souveniez de la fois où vous étiez allés à ce château, en Suisse. Mais j'ai dit que je ne me chargeais pas de messages de ce genre. Seulement, si elle n'est pas fiancée, je suis bien contente de le savoir.

Mais, comme l'avait dit Winterbourne, cela importait vraiment très peu. Une semaine plus tard, la pauvre fille mourait; ç'avait été un terrible cas de fièvre. Daisy fut enterrée dans le petit cimetière protestant, à l'angle du mur de la Rome impériale, sous les cyprès et les épaisses fleurs de printemps. Winterbourne se tenait là, debout avec un certain nombre d'autres personnes en deuil; un nombre plus grand que n'aurait pu le laisser présager le scandale provoqué par la carrière de la jeune fille. À proximité de lui se tenait Giovanelli, qui se rapprocha encore quand il vit Winterbourne prêt de s'en aller. Giovanelli était très pâle; cette fois, il n'avait pas de fleur à la boutonnière; il paraissait vouloir dire quelque chose. Enfin, il dit :

— C'était la plus belle jeune dame que j'aie jamais vue, et la plus aimable — et il ajouta au bout d'un instant : et c'était la plus innocente.

Winterbourne le regarda, et répéta les mots qu'il venait de prononcer :

— Et la plus innocente ?

— La plus innocente !

Winterbourne était à la fois triste et furieux.

— Mais qu'est-ce qui vous a pris, demanda-t-il, de l'emmener dans cet endroit fatal ?

L'urbanité de M. Giovanelli ne pouvait apparemment être prise en défaut. Il fixa un instant le sol, puis dit :

— Je n'avais pas peur pour moi ; et elle voulait y aller.

— Ce n'était pas une raison ! déclara Winterbourne.

L'ondoyant Romain baissa à nouveau les yeux.

— Si elle avait vécu, je n'aurais rien eu. Elle ne m'aurait jamais épousé, j'en suis certain.

— Elle ne vous aurait jamais épousé ?

— Pendant quelque temps, je l'ai espéré. Mais maintenant, je suis sûr que non.

Winterbourne l'écoutait ; il restait là à fixer la brutale protubérance au milieu des marguerites d'avril. Quand il se retourna, M. Giovanelli, de son pas lent et léger, s'était retiré.

Winterbourne quitta Rome presque immédiatement ; mais l'été suivant, il retrouva sa tante, Mrs. Costello, à Vevey. Mrs. Costello aimait beaucoup Vevey. Dans l'intervalle, Winterbourne avait souvent pensé à Daisy Miller et à ses énigmatiques manières. Un jour il parla d'elle à sa tante — dit qu'il avait sur la conscience de ne pas lui avoir rendu justice.

— Je n'en sais trop rien, dit Mrs. Costello. Comment ton injustice l'a-t-elle affectée ?

— Elle m'a fait parvenir avant sa mort un message que je n'ai pas compris sur le moment. Mais depuis, je l'ai compris. Elle aurait apprécié l'estime de quelqu'un.

— Est-ce une façon pudique, demanda Mrs. Costello, de dire qu'elle aurait répondu à l'affection de quelqu'un ?

Winterbourne ne fit pas de réponse à cette question ; mais il dit :

— Vous aviez raison, sur ce que vous disiez l'été dernier ; j'étais parti pour faire une erreur. J'ai vécu trop longtemps à l'étranger.

Néanmoins, il retourna vivre à Genève, d'où continuent à parvenir les explications les plus contradictoires quant aux motifs de son séjour : on rapporte qu'il « étudie » avec acharnement — on suggère qu'il porte beaucoup d'intérêt à une très habile dame étrangère.

DÉCOUVREZ LES FOLIO À 2 €

Composition et impression Bussière
à Saint-Amand (Cher), le 7 mars 2003.
Dépôt légal : mars 2003.
1ᵉʳ dépôt légal dans la collection : novembre 2001.
Numéro d'imprimeur : 31621.
ISBN 2-07-042205-4./Imprimé en France.

123907